Toi dont je ne sais rien

MAISEY YATES

Toi dont je ne sais rien

Traduction française de
FABRICE CANEPA

AZUR

HARLEQUIN

Collection : Azur

Titre original :
CARIDES'S FORGOTTEN WIFE

Ce roman a déjà été publié en 2018

HARPERCOLLINS FRANCE
83-85, boulevard Vincent-Auriol, 75646 PARIS CEDEX 13
Service Lectrices — Tél. : 01 45 82 47 47 - www.harlequin.fr
ISBN 978-2-2804-9661-2 — ISSN 0993-4448

Composé et édité par HarperCollins France.
Imprimé en octobre 2023 par CPI Black Print (Barcelone)
en utilisant 100% d'électricité renouvelable.
Dépôt légal : novembre 2023.

FSC www.fsc.org MIXTE Papier issu de sources responsables FSC® C159065

Pour limiter l'empreinte environnementale de ses livres, HarperCollins France s'engage à n'utiliser que du papier fabriqué à partir de bois provenant de forêts gérées durablement et de manière responsable.

Prologue

Une soirée de plus dans cette interminable succession de soirées plus ennuyeuses les unes que les autres…

Leon avait bien essayé de se distraire en tentant de séduire la charmante fiancée de Rocco Amari. Mais elle lui avait opposé une fin de non-recevoir dénuée de toute ambiguïté. Il fallait croire que certaines femmes étaient capables de se montrer fidèles…

Lui-même aurait été bien incapable de se plier à une telle contrainte. La monogamie lui paraissait être l'invention la plus absurde et la plus ennuyeuse au monde. Pourquoi diable se limiter à un seul partenaire lorsqu'il y avait tant de gens différents à découvrir ? La vie était déjà bien trop répétitive comme cela…

En dépit de ce revers sur le plan amoureux, Leon avait pris un malin plaisir à agacer Amari, son rival en affaires. L'évidente jalousie de ce dernier l'avait beaucoup amusé. Il ne s'imaginait vraiment pas éprouver un tel sentiment de possessivité à l'égard de qui que ce fût.

Quittant la route principale, Leon s'engagea sur celle qui conduisait à la villa dans laquelle il séjournait. C'était une belle maison, quoique assez simple, presque rustique, en fait.

Elle était très différente de Tanner House, la maison du Connecticut qu'il considérait toujours comme son véritable foyer bien qu'il n'y soit retourné que par intermittence, au cours des deux dernières années.

Il ne tenait en effet pas particulièrement à y croiser son épouse. En songeant à elle, il ne put réprimer un léger pincement de culpabilité. Cela lui arrivait parfois mais cette réaction était heureusement de courte durée. Rose et lui ne se devaient rien l'un à l'autre. Leur mariage était de pure convenance et ils n'en avaient jamais fait mystère.

Et pourtant, il lui arrivait de penser qu'en d'autres circonstances ils auraient pu être plus proches l'un de l'autre et partager un semblant de vie commune. En pensée, il lui semblait alors discerner dans les beaux yeux bleus de Rose un mélange de tristesse et de regrets...

Le hurlement d'un klaxon déchira la nuit, tirant brusquement Leon de sa rêverie.

Mais même si l'heure n'avait pas été aussi avancée, s'il n'avait pas autant bu à cette soirée et s'il n'avait eu l'esprit ailleurs, il n'aurait probablement pas eu le temps d'éviter le camion qui fonçait vers lui à vive allure...

1

— Son état est stable, déclara le Dr Castellano d'une voix qui se voulait rassurante.

Rose ne parvenait pas à détacher son regard de la silhouette étendue sur le lit d'hôpital. Sa tête, son épaule, son torse et son bras étaient bandés. Un bleu impressionnant ornait sa pommette droite, faisant d'autant plus ressortir la pâleur marmoréenne de son visage. Une méchante coupure barrait sa lèvre inférieure.

Elle avait du mal à réconcilier la vision de cet homme et le souvenir qu'elle conservait de Leon Carides. Lui qui débordait d'ordinaire d'énergie, de charisme et de morgue paraissait soudain bien faible, presque chétif.

— C'est un miracle qu'il ait survécu, ajouta le médecin.

Rose se demanda si c'était une façon de lui remonter le moral. Le constat ne lui paraissait pourtant pas particulièrement rassurant.

Elle n'était cependant pas sûre d'avoir besoin d'être rassurée. En fait, elle ne savait pas trop ce qu'elle éprouvait, en cet instant. Son mari et elle avaient passé la majeure partie de leur temps à s'ignorer mutuellement.

Elle avait récemment décidé que cette situation ne lui convenait plus et avait commencé à remplir une demande de divorce qu'elle comptait soumettre à Leon à la première occasion. Évidemment, étant donné les circonstances, elle allait peut-être devoir repousser cette échéance.

Elle ne put s'empêcher de songer que les choses auraient été plus simples si Leon n'avait pas réchappé à cet accident. Mais elle chassa aussitôt de son esprit cette idée atroce. L'absence totale de sentiments dont il faisait preuve à son égard ne pouvait en aucun cas justifier de telles pensées.

Leon était peut-être le plus mauvais époux qui soit mais il ne méritait pas de mourir pour autant.

— Est-ce qu'il a déjà repris conscience ? s'enquit-elle.

— Non, répondit Castellano avec un léger froncement de ses épais sourcils. Il était déjà inconscient lorsqu'il est arrivé à l'hôpital. L'impact a été très violent et sa blessure à la tête est sérieuse. Les données de l'électroencéphalogramme sont relativement rassurantes et j'espère qu'il reprendra conscience rapidement.

Il avait fallu à Rose près de vingt heures pour gagner l'Italie depuis le Connecticut, ce qui signifiait que Leon était demeuré sans connaissance pendant plus d'un jour entier. Sans être une spécialiste en matière de traumatologie, elle savait que plus la période d'inconscience se prolongeait et plus les risques de séquelles étaient importants.

— Une infirmière passera le voir toutes les dix minutes environ, lui indiqua alors Castellano. Mais si vous avez la moindre question, n'hésitez surtout pas à me les poser. Vous pouvez me joindre à ce numéro, ajouta-t-il en lui tendant une petite fiche bristol sur laquelle étaient inscrites ses coordonnées.

Rose la lui prit en se demandant s'il s'agissait de la procédure habituelle ou d'un traitement de faveur. Le médecin savait-il que l'homme qui gisait sur ce lit était l'un des plus riches de la planète ? Avait-il reconnu le visage de l'homme d'affaires qui avait fait la une de tant de magazines au cours des dernières années ?

— Merci, murmura-t-elle.

Castellano hocha la tête et elle le suivit des yeux tandis qu'il se dirigeait vers la porte de la chambre, se demandant ce qu'elle était censée faire à présent.

Rien ne l'avait jamais préparée à un tel moment. À ses yeux, Leon Carides avait presque toujours fait figure de divinité inaccessible. Elle le connaissait depuis qu'il avait dix-huit ans. Elle n'en avait que huit lorsqu'il était entré au service de son père. Au fil des années, il était devenu son bras droit, son homme de confiance et elle avait donc été amenée à le fréquenter très régulièrement.

Elle n'aurait su dire quand elle était tombée amoureuse de lui, exactement. Peut-être dès l'instant où ils s'étaient rencontrés. Il était jeune, beau, brillant et plein d'esprit. Et il l'avait toujours traitée avec un mélange de respect et de tendresse…

Jusqu'à ce qu'ils se soient mariés, en tout cas.

Sentant son cœur se serrer, elle prit une profonde inspiration. Elle ne pouvait se permettre la moindre faiblesse. Le fait que Leon paraisse si vulnérable en cet instant ne changeait rien à la réalité de son tempérament ni à la nature de leurs relations.

Elle s'aperçut alors que personne ne lui avait dit s'il y avait eu un autre passager à bord de la voiture. S'il fallait en croire l'heure à laquelle s'était produit l'accident, Leon devait revenir de soirée. Se pouvait-il vraiment qu'il soit rentré seul ? Avait-on cherché à lui cacher la présence d'une éventuelle maîtresse ?

Un nouveau pincement au cœur lui rappela à quel point elle était toujours vulnérable à ses infidélités. Elle aurait pourtant dû savoir qu'aux yeux de Leon, leur mariage n'était qu'un simulacre totalement dépourvu de sens.

Un soupir la fit sursauter violemment. Se tournant de nouveau vers le lit, elle constata que Leon avait ouvert les yeux. Comme il faisait mine de se redresser, elle posa doucement la main sur son épaule indemne.

— Ne bouge pas, lui conseilla-t-elle. Tu es en piteux état. Et tu risquerais de débrancher ta perfusion…

Il ferma les yeux et grimaça de douleur.

— Est-ce que tu as mal ? lui demanda-t-elle.

— Atrocement, répondit-il d'une voix très rauque.

À ses mots, elle sentit une vague de soulagement l'envahir. Au moins, il était encore capable de la comprendre et de lui répondre.

Elle se demanda comment elle pouvait se sentir rassurée alors même que, quelques minutes auparavant, elle avait presque regretté qu'il ne soit pas mort. Mais l'existence était souvent aussi contradictoire que ses propres sentiments…

Car même si Leon ne s'était jamais conduit en véritable époux, il avait toujours su faire preuve à son égard d'une certaine prévenance.

Lorsque son père était mort, par exemple, et qu'elle s'était sentie anéantie par cette brusque disparition, c'était Leon qui avait pris les choses en main. Non seulement il s'était chargé de toutes les formalités d'usage mais, de plus, il avait su faire preuve à son égard d'une douceur, d'une gentillesse et d'une patience infinies.

C'était d'ailleurs l'une des raisons pour lesquelles elle était demeurée mariée avec lui, au cours de ces deux dernières années. Elle n'avait jamais vraiment cessé d'espérer que la tendresse qu'il trahissait parfois à son endroit finirait par se muer en véritable amour.

Mais il était temps de voir la réalité en face et de reconnaître qu'une telle chose ne se produirait jamais.

— Est-ce que vous pourriez me donner quelque chose contre la douleur, s'il vous plaît ? lui demanda-t-il alors.

Surprise par la façon dont il venait de s'exprimer, elle le considéra attentivement. Mais le visage tuméfié de Leon ne laissait transparaître que la souffrance qui l'habitait en cet instant.

— Je vais prévenir le médecin que tu es réveillé, lui dit-elle en sortant son téléphone portable de la poche de son jean.

Elle envoya un texto au Dr Castellano et constata que Leon avait refermé les yeux. La grimace qui se peignait à présent sur son visage ne lui disait rien de bon.

— Je ferais mieux d'appeler l'infirmière, murmura-t-elle.

Leon rouvrit les yeux et la considéra avec curiosité.

— Vous n'êtes pas infirmière ? lui demanda-t-il.

Elle se demanda s'il s'agissait d'une mauvaise plaisanterie mais rien dans l'expression de Leon ne le laissait paraître. Il devait seulement se sentir désorienté.

— Je suis Rose, lui dit-elle d'une voix très douce.

— Rose ? répéta-t-il d'un ton incertain.

— Oui. Je suis venue en Italie dès que j'ai appris que tu avais eu un accident.

Il fronça légèrement les sourcils.

— Nous sommes en Italie ?

— Oui, répondit-elle, de plus en plus inquiète. Où pensais-tu te trouver ?

— Eh bien… Je ne sais pas, avoua-t-il, visiblement surpris.

— Tu es venu ici pour régler différentes affaires, lui rappela-t-elle. Tu revenais d'une soirée lorsque tu as eu un accident et que tu t'es cogné la tête.

— Je vois, murmura Leon. Cela explique au moins pourquoi je me sens dans un état aussi lamentable. Mais vous ? Si vous n'êtes pas l'infirmière, qui êtes-vous au juste ?

Rose ne put réprimer le frisson qui courut le long de son échine.

— Je suis Rose, lui dit-elle d'une voix mal assurée. Je suis ton épouse.

Ton épouse.

Les mots résonnaient étrangement dans son esprit. Il ne se rappelait pas avoir jamais été marié. Mais cela ne voulait pas dire grand-chose. Après tout, il ne se rappelait pas non plus ce qu'il faisait en Italie, quel pouvait être son métier ou même comment il était censé s'appeler.

— Mon épouse, répéta-t-il à voix haute, espérant que cela éveillerait un début de réminiscence.

En vain. Plus il fouillait la partie de sa conscience où auraient dû se trouver ses souvenirs et plus ceux-ci semblaient se dérober, ne laissant qu'une angoissante impression de néant.

C'était comme si l'on avait effacé toute son existence, comme s'il ne restait que cette chambre d'hôpital et cette femme qu'il ne reconnaissait pas.

— Est-ce que nous sommes mariés depuis longtemps ? lui demanda-t-il.

— Cela fait deux ans.

Il scruta de nouveau ses ténèbres intérieures, tentant d'évoquer des images de cette cérémonie. Curieusement, il parvenait à imaginer ce qu'était un mariage. De vagues images de robes blanches, de pièces montées et de soirées dansantes lui revenaient sans qu'il sache s'il s'agissait de bribes de souvenirs ou d'un effet de son imagination.

Aucune de ces fugaces visions ne paraissait en revanche le concerner directement.

Il se concentra donc sur la jeune femme qui se tenait près de son lit, observant avec attention son visage encadré de cheveux châtain clair. Elle était très séduisante, avec des traits fins et bien dessinés, une jolie bouche et d'immenses yeux bleus.

En avisant ces derniers, il éprouva une brusque sensation de déjà-vu. Il se rappela soudain qu'il était en train de penser à ces yeux lorsqu'il avait aperçu les phares du camion...

— Oui, s'exclama-t-il d'un ton presque victorieux. Tu es bien mon épouse... Je me rappelle, maintenant.

— Tant mieux, répondit-elle en lui décochant un sourire hésitant. Je commençais à me demander si tu n'avais pas perdu la mémoire !

Il détourna les yeux. Un long silence s'ensuivit.

— Y a-t-il autre chose que tu as oublié ? lui demanda-t-elle enfin.

Il lui jeta un coup d'œil hésitant.

— J'ai bien peur que oui, avoua-t-il. Je ne me rappelle même plus mon nom.

Rose pâlit.

— Ce n'est pas possible, articula-t-elle.

Il haussa les épaules, ce qui lui arracha une nouvelle grimace de douleur.

— C'est pourtant le cas.

— Mais comment peux-tu te souvenir de moi, dans ce cas ?

— Je me souviens, insista-t-il. Je me souviens de tes yeux.

Dans le regard de la jeune femme, l'inquiétude laissa brièvement place à l'étonnement.

— Tu te souviens de mes yeux ? répéta-t-elle.

— C'est même la seule chose dont je me souvienne, acquiesça-t-il.

— Je ferais mieux d'aller chercher le médecin.

— Ce n'est pas la peine.

Rose le considéra avec stupeur.

— Tu ne te rappelles strictement rien mais tu ne veux pas que j'aille chercher un docteur ? s'exclama-t-elle.

— Je ne suis pas aux portes de la mort, objecta-t-il d'un ton qui se voulait léger.

— Il y a moins d'un quart d'heure, on m'a dit que tu ne te réveillerais peut-être jamais, répliqua-t-elle.

— Je suis réveillé. Et je suis sûr que mes souvenirs ne vont pas tarder à revenir...

Quelques minutes plus tard, en sortant de la chambre de Leon avec le Dr Castellano, Rose se sentait en proie à une sensation de vertige. Il était en effet évident que Leon ne se souvenait de rien. Son existence tout entière s'était trouvée effacée de sa mémoire, comme si elle n'avait jamais existé.

Et l'expression préoccupée qu'arborait le médecin à ses côtés ne lui disait rien de bon.

— Comment est-ce possible ? lui demanda-t-elle enfin. Il ne se rappelle rien. Ni moi, ni sa famille, ni ses amis, ni lui-même...

— C'est ce que j'ai cru comprendre, acquiesça Castellano. Malheureusement, je n'ai pas de réponse à vous apporter. Ce n'est pas une situation très courante. Les rares cas d'amnésie auxquels je me suis trouvé confronté ne concernaient que des laps de temps beaucoup plus limités. Il va falloir que nous fassions appel à un spécialiste.

— Mais combien de temps pensez-vous qu'il mettra à recouvrer ses souvenirs ? s'enquit Rose, inquiète.

— Il se peut qu'il ne les recouvre pas tous, fit remarquer le médecin d'un ton prudent. Il arrive que les personnes souffrant d'amnésie conservent certaines zones d'ombre.

— Le plus important, c'est qu'il récupère l'essentiel.

— Pour cela, le mieux serait sans doute qu'il se retrouve dans un environnement plus familier. Où habitez-vous, exactement ?

— Mon mari voyage beaucoup, éluda Rose.

— A-t-il une maison de famille ? Quelque part où il se sente vraiment chez lui ?

Rose pensa aussitôt à Tanner House, la propriété de sa famille. Leon avait toujours adoré cette maison. Plus d'une fois, elle l'avait entendu dire qu'il la considérait comme son point d'attache.

C'était peut-être le seul point commun qu'il leur restait, d'ailleurs. Cela et l'entreprise familiale.

Le père de Rose avait d'ailleurs veillé à ce qu'ils ne l'oublient pas. Il avait en effet inclus dans leur contrat de mariage une clause stipulant que si l'un ou l'autre décidait de divorcer avant que cinq ans ne se soient écoulés, ils perdraient la moitié du domaine et de la maison dont ils avaient respectivement hérité.

C'était l'autre raison pour laquelle Rose n'avait pas voulu se séparer de Leon. Ce n'était pas tant pour elle une question d'argent que d'identité : Tanner House appartenait à sa famille depuis des générations et elle avait toujours imaginé que ce serait là que ses propres enfants grandiraient, le moment venu.

Malheureusement, il paraissait désormais évident que Leon n'en serait pas le père. Et elle ne pouvait s'imaginer demeurer trois ans de plus auprès d'un homme qui ne l'avait jamais aimée.

— Nous avons une maison dans le Connecticut, répondit-elle enfin, le cœur lourd.

— Dans ce cas, mieux vaut le rapatrier là-bas dès qu'il sera en état d'être transporté, déclara Castellano. Je prendrai contact avec un psychologue américain que je connais bien. Même s'il ne peut pas prendre en charge votre mari, il connaîtra certainement quelqu'un qui sera susceptible de le faire.

— Merci beaucoup, docteur, murmura Rose.

Voir Leon revenir à Tanner House alors qu'elle s'était enfin décidée à rompre avec lui avait quelque chose de terrifiant. Car elle savait qu'il serait bien plus difficile de garder ces distances dans cette maison qui demeurait associée dans son esprit aux sentiments qu'il lui avait inspirés durant toutes ces années.

C'était là qu'elle l'avait connu, là qu'ils s'étaient vus le plus souvent, là qu'il l'avait consolée, le soir de son bal de fin d'année, lorsque son cavalier l'avait laissée tomber au dernier moment sans même la prévenir.

Elle se rappelait parfaitement la scène. Folle de chagrin, elle était allée se réfugier dans la roseraie où elle avait versé toutes les larmes de son corps. C'est alors qu'il l'avait rejointe. Il s'était contenté de s'asseoir auprès d'elle et lui avait pris la main sans rien dire.

Lorsqu'elle avait enfin trouvé la force de lever les yeux, il lui avait décoché le plus tendre des sourires.

— Qu'est-ce qui ne va pas, ma jolie ? lui avait-il demandé d'une voix très douce.

— Rien..., avait-elle articulé, se sentant terriblement stupide.

— Il ne mérite pas que tu te mettes dans un tel état, tu sais. S'il n'est pas capable de comprendre la chance qu'il a de sortir avec quelqu'un comme toi, c'est qu'il est vraiment stupide.

— C'est gentil, avait-elle répondu d'une toute petite voix. Mais tu ne le penses pas vraiment.

— Je peux te le prouver.

Le cœur battant à tout rompre, Rose s'était alors demandé s'il allait l'embrasser, réalisant l'un de ses rêves les plus chers. Mais il avait fait bien mieux que cela.

— Il n'est pas trop tard pour aller à cette soirée, n'est-ce pas ?

Rose avait secoué la tête.

— Alors, je t'y emmène, avait-il déclaré.

— Mais c'est un bal de lycée...

— Et alors ? Je ne vais pas tout de même pas te laisse rater ta soirée de promotion !

— Je croyais que tu avais une soirée.

— Tu es plus importante que toutes les soirées du monde, Rosie...

Leon l'avait emmenée au bal. Sous le regard admiratif ou envieux de ses camarades, ils avaient dansé toute la nuit. Et cette soirée demeurait dans son souvenir comme l'une des plus exaltantes auxquelles il lui ait jamais été donné de prendre part.

Évidemment, cela n'avait fait que renforcer l'adoration que lui inspirait Leon. Et lorsque son père lui avait demandé sur son lit de mort d'épouser son protégé, elle ne s'était guère fait prier.

Elle aurait pourtant dû comprendre que l'amour qu'elle éprouvait n'était pas payé de retour et que tout ce que Leon ressentait à son égard, c'était une forme de tendresse fraternelle...

2

Lorsqu'il quitta enfin l'hôpital en fauteuil roulant pour être conduit en ambulance jusqu'à l'aéroport, Leon ignorait toujours qui il était réellement. Bien sûr, il avait entendu les médecins prononcer son nom à maintes reprises. Il savait qu'il était un homme d'affaires assez fortuné. Il savait aussi qu'il était marié à Rose.

Mais tout ceci lui paraissait purement intellectuel, totalement abstrait. Tout ce qu'il avait appris sur son propre compte aurait tout aussi bien pu concerner un parfait inconnu.

C'était une sensation atroce. Et le pire, c'est qu'il se sentait terriblement impuissant. Rien de ce qu'il avait pu tenter n'était parvenu à soulever le voile de ténèbres impénétrables qui paraissait recouvrir sa mémoire.

Le trajet jusqu'à l'aéroport s'avéra très douloureux. Chaque cahot réveillait la douleur que lui infligeaient les multiples fractures dont il souffrait. Il savait pourtant qu'il n'avait pas à se plaindre : étant donné la violence du choc, les séquelles auraient pu être bien plus sévères encore.

Il avait appris par cœur la liste de ses blessures, moins par fascination morbide que parce que c'était la seule chose qu'il savait de lui-même. L'absurdité de la chose ne lui échappait aucunement. Mais c'était au moins une certitude à laquelle il pouvait se raccrocher.

Car les médecins avaient refusé de répondre à toutes ses questions au sujet de son propre passé. D'après eux, il valait mieux que la mémoire lui revienne naturellement. Cela lui donnait la désagréable impression d'être dépendant, non seulement physiquement mais aussi sur le plan émotionnel.

— À quoi penses-tu ? lui demanda soudain Rose qui avait pris place à l'arrière de l'ambulance avec lui.

Il se tourna vers elle et songea que de toutes les énigmes auxquelles il se trouvait confronté depuis quelques jours, elle était bien la plus mystérieuse. D'une part, il était très déstabilisant de se retrouver devant une parfaite inconnue qui savait tout de lui alors que lui-même ignorait tout.

D'autre part, il ne cessait de se demander à quoi pouvait bien ressembler leur vie commune. S'aimaient-ils passionnément ? Faisaient-ils souvent l'amour ? Se disputaient-ils parfois ? Étaient-ils complices ?

Rien dans l'attitude de Rose ne lui permettait de répondre à ces interrogations. Depuis qu'il avait repris conscience, elle s'était montrée très préoccupée par sa situation mais avait conservé une certaine distance vis-à-vis de lui.

Était-ce parce qu'elle craignait de lui faire du mal ? Parce qu'elle préférait lui laisser le temps de recouvrer ses esprits ? Parce que cette situation la terrifiait autant que lui ? Il n'aurait su le dire.

— Est-ce que nous sommes proches, toi et moi ? lui demanda-t-il.

Elle haussa les épaules.

— Nous sommes mariés, répondit-elle.

Quelque chose dans son ton lui fit comprendre que les choses étaient plus compliquées qu'elle ne voulait le laisser entendre.

— Tous les couples ne s'entendent pas forcément bien, fit-il remarquer.

— Écoute..., hésita-t-elle. Je ne sais vraiment pas ce que je peux te dire ou non. Je ne voudrais pas influencer tes souvenirs.

— Cela me paraît difficile, répondit-il d'un ton ironique. Je n'en ai aucun.

Elle l'observa très attentivement.

— Je n'arrive toujours pas à comprendre comment c'est possible. Comment peux-tu te souvenir de tout, sauf de ce qui te concerne personnellement ?

— Je l'ignore, dit Leon en soupirant.

— Espérons que le psychologue que t'a recommandé le Dr Castellano parviendra à te faire recouvrer la mémoire.

— En attendant, puis-je compter sur toi pour m'aider ?

— Bien sûr, lui dit-elle. Je ferai tout ce que je pourrai pour cela.

— Merci.

Il laissa quelques instants s'écouler avant de reposer la question.

— Alors ? Est-ce que nous sommes proches, tous les deux ?

Rose s'empourpra et détourna le regard.

— Tu voyages beaucoup, répondit-elle. Et moi, je passe la plupart de mon temps dans le Connecticut. Je dirais que cela nous convient à l'un comme à l'autre.

— Je vois, murmura Leon.

Il se demanda ce qui avait pu les éloigner de cette façon. L'un d'eux avait-il trompé l'autre ? S'étaient-ils éloignés au fil du temps ? Ou s'agissait-il uniquement d'un mariage de raison ?

Cette dernière hypothèse lui paraissait être la moins convaincante. Après tout, il trouvait Rose très attirante. Et les conversations qu'il avait eues avec elle lui donnaient à penser que c'était quelqu'un d'intelligent et de sensible.

— Je sais que cela peut paraître ridicule, lui dit-il. Mais si je t'ai fait du tort, je m'en excuse.

Le regard qu'elle lui lança trahissait un mélange de stupeur et d'incrédulité. Mais avant qu'elle ait pu lui répondre, leur véhicule ralentit et s'immobilisa.

— Nous sommes arrivés, déclara-t-elle en lui décochant un sourire un peu forcé.

Les ambulanciers vinrent ouvrir la porte arrière et firent descendre le fauteuil roulant de Leon. Ils se trouvaient sur le tarmac d'un petit aérodrome sur lequel stationnait un jet privé.

— Est-ce que c'est le mien ? s'enquit Leon en désignant l'appareil.

Rose hocha la tête. De toute évidence, il était plus fortuné encore qu'il ne l'avait imaginé.

Ils prirent congé des deux hommes et Rose le poussa jusqu'au petit monte-charge qui avait été installé au pied de l'avion pour lui permettre de monter à bord. Quelques instants après, ils pénétrèrent dans une luxueuse cabine équipée de confortables fauteuils et d'un bar.

— Est-ce que tu crois qu'il y a du scotch ? lui demanda-t-il.

Rose ne put réprimer un petit rire.

— Il n'est pas question que tu boives du whisky, protesta-t-elle.

— Pourquoi donc ?

— Parce qu'avec la quantité d'antalgiques que tu as absorbée, tu te rendrais malade !

— Dommage, fit Leon. J'aurais bien voulu un whisky.

Elle le considéra avec attention.

— Quelle est ta marque préférée ? lui demanda-t-elle.

— Le Glendronach, dix-huit ans d'âge, répondit Leon sans hésiter.

Un large sourire se dessina sur ses lèvres.

— Ce n'est peut-être pas grand-chose, mais je me souviens au moins de cela, s'exclama-t-il.

Rose hocha la tête d'un air approbateur.

— C'est un début. Je suis sûre qu'avec le temps le reste reviendra.

— Merci, Rosie !

Une étrange expression passa dans les yeux de la jeune femme.

— Qu'y a-t-il ?

— Rien..., éluda-t-elle. Cela faisait longtemps que tu ne m'avais pas appelée comme cela...

Elle s'éclaircit nerveusement la gorge.

— J'ai beaucoup réfléchi à la situation, déclara-t-elle alors. Je pense que, si nous voulons éviter toute répercussion négative, il serait préférable de cacher aux médias la situation dans laquelle tu te trouves. J'ai donc rédigé un communiqué de presse indiquant que tu avais eu un accident de voiture mais que tu te remettais de tes blessures et que tu serais bientôt rétabli.

— Est-ce que nous travaillons pour la même entreprise ? s'enquit Leon, curieux.

— Non, répondit Rose. Mais j'ai une certaine expérience. J'ai aidé mon père pendant plusieurs années, après le décès de ma mère.

— Donc, je travaille pour l'entreprise de ton père.

— Je ne pense pas que nous devrions discuter de cela, fit-elle objecter.

— Parce que cela fait partie des souvenirs que je suis censé recouvrer par moi-même ? lui demanda-t-il avec une pointe d'amertume.

— Exactement, répondit-elle. Je ne puis imaginer à quel point tout ceci doit être très difficile pour toi, en ce moment. Mais sache que ce n'est pas non plus une partie de plaisir pour moi.

Leon fut tenté de protester, de lui dire que leurs situations respectives étaient incomparables. Mais quelque chose lui dit qu'il n'était peut-être pas si facile de se retrouver brusquement face à un mari amnésique.

— Je comprends, dit-il d'un soupir. Et franchement, j'espère pour notre bien à tous les deux que je recouvrerai rapidement la mémoire. Qui sait ? Le fait de me retrouver chez moi m'aidera peut-être à y voir plus clair...

Leon avait beaucoup de mal à cacher sa déception. Il avait vraiment espéré qu'en arrivant chez lui il ressentirait quelque chose, ne fût-ce qu'une sensation de familiarité. S'il fallait en croire Rose, c'était une maison à laquelle il était très attaché.

Il n'avait aucun mal à le croire, d'ailleurs. Après tout, l'endroit était magnifique. Situé sur une immense propriété en grande partie boisée, c'était un immense manoir qu'un riche négociant de Boston s'était fait construire au XIXe siècle.

Outre la maison principale, il y avait un second corps de bâtiment qui avait dû héberger les domestiques, autrefois, ainsi que d'anciennes écuries partiellement reconverties en garage.

— Alors ? lui demanda Rose.

Se tournant vers elle, il s'aperçut qu'elle le considérait avec beaucoup d'attention, guettant probablement sur son visage le signe que ces lieux lui étaient familiers. Il se sentit presque désolé pour elle.

— Non, fit-il. Ça ne me rappelle rien.

— Rien du tout ?

Il secoua la tête et la vit se décomposer.

— J'avais vraiment espéré..., murmura-t-elle.

Elle secoua la tête.

— Tu connais cette maison depuis si longtemps.

— Est-ce qu'elle appartenait à ma famille ?

— À la mienne, répondit Rose en détournant les yeux. Mais tu étais le bras droit de mon père et tu venais ici régulièrement. Nous déjeunions souvent ensemble puis vous passiez des heures à travailler, enfermés dans son bureau.

— C'est de cette façon que nous avons fait connaissance, alors ?

Elle hocha la tête. Leon l'observa attentivement, se demandant brusquement combien d'années d'écart ils pouvaient bien avoir, tous les deux. Rose paraissait plus jeune que lui mais il s'aperçut qu'il ignorait aussi bien son âge que celui de son épouse.

— Quel âge as-tu ? lui demanda-t-il.

Elle lui décocha un sourire moqueur.

— Ne t'a-t-on jamais dit qu'il était impoli de poser cette question à une femme ?

— Si, sans doute. En tout cas, je sais que je ne suis pas supposé le faire. Mais nous sommes mariés. Et c'est une information que je suis censé connaître à ton sujet.

— Je suis certaine que cela reviendra avec le temps.

— Tu peux au moins me dire s'il y a bien une différence d'âge entre nous.

— Oui, il y en a une.

— Importante ?

— Plus aujourd'hui, répondit-elle. Viens, je vais te montrer où se trouve ta chambre.

Leon s'interrogea sur ce qu'elle avait voulu dire par « plus aujourd'hui ». Mais la seconde partie de sa réponse le prit encore plus au dépourvu.

— Ma chambre ? répéta-t-il. Nous faisons donc chambre à part ?

— Oui.

Il se demanda si cela signifiait que tous deux étaient en froid ou bien s'ils étaient juste un couple un peu vieux jeu.

— Est-ce que cela fait longtemps ? lui demanda-t-il enfin.

— Nous l'avons toujours fait, répondit-elle, visiblement mal à l'aise. C'est plus simple de cette façon.

— Plus simple ?

— Eh bien, tu es presque toujours en déplacement et je passe le plus clair de mon temps ici toute seule, de toute façon. Et lorsque tu reviens, tu aimes avoir ton propre espace.

Leon fronça les sourcils. De toute évidence, le couple qu'ils formaient ne s'embarrassait guère de tendresse ou de complicité. Se pouvait-il qu'ils aient contracté un mariage de raison ? Après tout, Rose lui avait laissé entendre qu'il avait été l'associé de son père...

Observant plus attentivement la jeune femme, il se prit à songer qu'il y avait chez elle quelque chose de presque aristocratique, une forme de distinction naturelle qui transparaissait jusque dans son regard, dans sa façon de se tenir.

L'avait-il épousée pour son argent ? L'idée lui paraissait assez odieuse mais peut-être n'avait-il pas toujours vu les choses de la même façon...

Leon ne put réprimer un frisson glacé. Il avait soudain l'impression de vivre dans un corps d'emprunt. Que savait-il de l'homme qu'il avait été ? Il aurait tout aussi bien pu être un assassin.

— Est-ce que ça va ? lui demanda Rose d'un ton inquiet.

— Ça va, éluda-t-il.

— Tu n'en as pas l'air.

— Tout ceci est si...

Il hésita, cherchant ses mots.

— Si déroutant, conclut-il enfin. Je me fais l'impression d'être un usurpateur.

Il engloba la maison et le parc d'un geste et haussa les épaules.

— Tu n'as rien usurpé du tout, lui dit-elle d'un ton qui se voulait rassurant. Tu es toi.

À ces mots, elle se rembrunit légèrement.

— Tu es toi, répéta-t-elle d'un ton qui n'avait plus rien de réconfortant.

On eût dit qu'elle cherchait surtout à s'en convaincre elle-même. De nouveau, il se demanda ce qui avait pu les éloigner l'un de l'autre.

Mais peut-être n'avaient-ils jamais vraiment été proches. Il fouailla sa mémoire défaillante, cherchant à évoquer une image d'elle et lui faisant l'amour ou s'embrassant. En vain.

— Je te suis, fit-il en soupirant.

Elle hésita un instant avant de hocher la tête et de se diriger vers la maison. Lorsqu'ils pénétrèrent dans le vaste hall, Leon ne put réprimer son admiration.

— C'est vraiment magnifique, déclara-t-il en englobant d'un regard l'escalier monumental qui desservait les deux étages supérieurs.

Il avait dû être nettoyé récemment car une bonne odeur de cire d'abeille flottait dans l'air.

— C'est vrai, acquiesça-t-elle. La maison est très belle.

Il y avait à présent dans sa voix quelque chose qui ressemblait beaucoup à de la tristesse ou de la nostalgie et que Leon ne s'expliquait pas. Il pesta intérieurement. Son existence lui faisait l'effet d'un puzzle dont il aurait perdu la majeure partie des pièces.

Une fois de plus, il éprouva l'envie presque irrésistible de boire quelque chose. Et, tandis qu'il suivait Rose dans l'escalier, il se demanda si cette sensation de manque signifiait qu'il était alcoolique. Il ne se voyait pas réellement poser la question à Rose. D'ailleurs, elle aurait probablement refusé d'y répondre.

— Est-ce que ça va ? lui demanda-t-elle de nouveau. Tu n'as pas besoin d'aide ?

— Non, c'est gentil, répondit-il en se forçant à lui sourire. Je n'ai pas été blessé aux jambes, tu sais.

Elle acquiesça et se remit en route. À l'étage, elle le guida à travers un long couloir jusqu'à une suite immense qui, outre la chambre, comportait une immense salle de bains, un bureau et un grand balcon dominant le parc.

— Est-ce que cela te dit quelque chose ? lui demanda-t-elle.

Il parcourut des yeux le bureau dans lequel il se trouvait et se prit à penser que l'endroit manquait un peu de chaleur. Il n'y avait strictement rien de personnel : ni photos de lui ou de sa femme, ni bibelots. Juste un ordinateur dernier cri qui trônait sur la table de travail.

— Rien du tout, avoua-t-il. Est-ce que ta chambre est aussi grande ?

— Oui.

Au moins, songea Leon, ils ne manquaient de rien sur le plan matériel. Mais quelque chose lui disait qu'il n'en allait pas de même sur le plus affectif.

Cela lui paraissait un peu étrange. Rose était une femme très séduisante. Alors pourquoi l'aurait-il délaissée ? Avait-elle commis une faute quelconque ? Ou était-ce elle qui le repoussait ?

Hélas, rien dans leurs relations actuelles ne lui permettait de trancher cette question. Ils auraient tout aussi bien pu être de parfaits inconnus.

— Je vais te laisser, lui dit-elle. Tu as sans doute envie de te reposer un peu.

Leon fut tenté de lui répondre qu'il avait déjà dormi dans l'avion. Mais la vérité, c'était qu'il se sentait effectivement épuisé, peut-être moins physiquement que sur le plan émotionnel.

Il comprit que sans même s'en rendre compte, il s'était convaincu qu'en sortant de l'hôpital et en rentrant chez lui, les choses finiraient par s'arranger. Mais cela ne faisait au contraire que souligner l'énormité de ce qu'il avait perdu.

— Je vais appeler le médecin qui doit venir te voir, reprit-elle. J'ai aussi pris contact avec une infirmière.

— D'accord, acquiesça-t-il de mauvaise grâce.

Il se faisait l'effet d'être un assisté et c'était un sentiment qui ne lui plaisait pas du tout.

— Je viendrai toquer à ta porte quand il sera l'heure de descendre dîner, lui dit-elle.

Sur ce, elle lui adressa un petit signe de tête et se détourna pour quitter la chambre, refermant doucement la porte derrière elle. Leon se fit alors la réflexion qu'elle n'avait jamais eu pour lui de ces gestes affectueux que l'on aurait pu attendre d'une épouse. Elle maintenait toujours entre eux une certaine distance et se montrait polie mais relativement détachée.

De toute évidence, leur union n'était pas placée sous le signe de la passion torride. Ni même sous celle de la tendresse complice. Cette idée lui parut passablement déprimante. Bien sûr, il ignorait quelles épreuves ou quelles déconvenues Rose et lui avaient pu traverser.

À vrai dire, il n'avait aucune idée de ce que pouvait représenter un mariage. Il se doutait cependant qu'il s'agissait d'un exercice délicat, nécessitant bon nombre de concessions. Mais curieusement, et bien qu'il ne connaisse pas vraiment Rose, il se prit à regretter que son alter ego n'ait pas su se montrer à la hauteur.

Alors même qu'il se faisait cette réflexion, il se demanda s'il n'avait pas un petit faible pour son épouse...

3

Rose se sentait complètement abandonnée.

Ce n'était pas la première fois que cela lui arrivait, bien sûr. Elle avait perdu sa mère alors qu'elle était encore très jeune, et son père alors qu'elle avait tout juste vingt et un ans. Elle avait passé une bonne partie de son existence à lutter contre un sentiment d'infériorité, contre l'impression de ne pas être à la hauteur.

Elle avait toujours été trop discrète, trop réservée, trop timide. Elle préférait passer ses soirées à lire, plutôt que de sortir avec les gens de son âge. Elle n'avait d'ailleurs jamais eu beaucoup d'amis.

Et cela faisait deux ans qu'elle était mariée à un homme qui la trouvait si peu attirante qu'il ne l'avait jamais touchée, préférant la tromper à longueur de temps avec des femmes plus sophistiquées, plus séduisantes et plus glamours qu'elle ne le serait jamais...

Ces derniers temps, elle était parvenue à se convaincre qu'elle méritait mieux que cela, qu'elle aussi avait le droit d'être heureuse, quitte à perdre la maison qui l'avait vue grandir et à laquelle elle était si attachée. Il était grand temps pour elle de commencer à vivre réellement.

Mais l'accident de Leon avait tout bouleversé, faisant vaciller ses nouvelles résolutions. Elle ne pouvait tout de même pas l'abandonner alors qu'il traversait une période aussi difficile. Il était déjà suffisamment perdu comme cela.

Rose n'avait jamais éprouvé de haine à son encontre. Elle ne pouvait lui en vouloir de s'être montré si distant à son égard. Après tout, leur mariage n'était qu'un arrangement que leur avait imposé son père.

Ce dernier avait probablement cru faire d'une pierre deux coups, assurant la pérennité de son entreprise et le bonheur de sa fille dont il connaissait l'attirance pour Leon. Il avait juste oublié que l'amour ne se commande pas et que ce dernier n'éprouvait rien pour elle.

En dépit de cette union peu épanouissante, les sentiments de Rose ne s'étaient jamais complètement étiolés. La mélancolie et la frustration n'avaient pas eu raison de son attachement pour lui et elle conservait à son égard une affection mêlée d'admiration et de désir réprimé.

C'était sans doute pour cela qu'elle avait été si secouée en se retrouvant face à lui, à l'hôpital. La vulnérabilité qu'elle avait perçue en lui avait brusquement ravivé son affection.

C'était absurde, bien sûr. Elle ne pouvait se permettre de se laisser abuser par le changement qui semblait s'être opéré en lui. Car, tôt ou tard, il finirait par recouvrer ses souvenirs, et tout redeviendrait comme avant...

Elle ne devait pas perdre de vue la réalité de la situation : Leon ne l'avait épousée que pour pouvoir prendre la succession de son père à la tête de l'entreprise familiale.

C'était ce qu'il obtiendrait, au bout de cinq ans de mariage ou si Rose prenait l'initiative du divorce. Mais dans ce dernier cas, elle-même perdrait la propriété de la maison qui devait lui échoir au bout de ces cinq années.

Telles étaient les clauses édictées par le testament de son père et leur propre contrat de mariage. Telle était l'unique raison pour laquelle ils étaient demeurés mariés pendant deux interminables années.

Or elle n'avait plus la force de supporter un tel compromis. Elle préférait encore perdre la maison que se perdre elle-même pour pouvoir la conserver.

Mais pouvait-elle abandonner Leon alors qu'il se trouvait dans une situation aussi difficile ? Quels que puissent être ses défauts, il avait toujours été là pour la soutenir dans les moments difficiles, tout particulièrement après la mort de son père.

Ce dernier avait d'ailleurs toujours eu beaucoup d'affection pour Leon qu'il considérait comme le fils qu'il n'avait jamais eu. Il aurait certainement attendu de Rose qu'elle l'aide à traverser ce moment douloureux.

Toute la question était de savoir combien de temps il durerait. Les médecins s'étaient bien gardés de lui répondre sur ce point, ce qui l'inquiétait au plus haut point. Car elle ne s'imaginait pas demeurer plusieurs mois — a fortiori, plusieurs années — dans une telle situation...

— Rose ?

Elle sursauta et se retourna vers Leon qui venait de pénétrer dans le salon. Il tenait une chemise à la main et son torse était nu, révélant de multiples contusions et le bandage qui lui ceignait l'épaule.

— Est-ce que c'est bientôt l'heure du dîner ? lui demanda-t-il.

Elle hocha la tête, incapable de détacher les yeux de sa poitrine. Depuis combien de temps ne l'avait-elle pas vu torse nu ? Elle avait oublié la troublante impression de puissance qui se dégageait de lui.

— Bientôt, répondit-elle d'une voix hésitante.

— Tant mieux, s'exclama-t-il. Je suis affamé...

Il hésita avant d'aborder le sujet qui paraissait le préoccuper.

— Dis-moi, est-ce que je bois beaucoup, d'ordinaire ?

Elle le considéra avec étonnement.

— Pourquoi cette question ?

— Parce que, depuis que je suis sorti de l'hôpital, j'ai très envie d'un verre. Je sais que ce ne serait pas raisonnable, étant donné tous les médicaments que je prends. Mais je me demandais si c'était normal...

— Tu sors beaucoup, répondit-elle pensivement. Et j'imagine qu'au cours de ces soirées il t'arrive de boire.

— Tu imagines ?

Elle haussa les épaules.

— Je te l'ai dit : tu es souvent absent...

À ces mots, Leon se rembrunit légèrement.

— Tu devrais enfiler ta chemise, lui conseilla-t-elle. Je ne voudrais pas que tu attrapes froid.

— Je ne peux pas.

Elle lui lança un coup d'œil interrogatif.

— J'ai essayé, expliqua Leon, mais mes côtes me font encore trop souffrir. Pourrais-tu me donner un coup de main ?

Elle hésita un instant avant d'acquiescer. Après tout, il était blessé et avait besoin d'aide. Et elle n'avait pas à faire peser sur lui l'embarras qu'elle éprouvait en cet instant. S'approchant de lui, elle prit le vêtement qu'il lui tendait.

— Écarte les bras autant que tu le peux, lui demanda-t-elle.

Il s'exécuta et elle enfila l'une des manches.

— Replie un peu l'autre bras... Là, c'est parfait...

Leurs corps ne se trouvaient plus qu'à quelques centimètres l'un de l'autre, bien plus près qu'ils ne l'avaient été au cours de ces deux dernières années. Alors même qu'elle se faisait cette réflexion, une idée étrange s'imposa à elle.

Lorsqu'elle était plus jeune, Leon la prenait régulièrement dans ses bras pour l'embrasser ou lui manifester de la tendresse. En fait, paradoxalement, ce n'était que depuis leur mariage qu'une distance infranchissable paraissait s'être creusée entre eux...

— Rose ?

Elle sursauta légèrement, rappelée à l'instant présent. Contournant Leon, elle entreprit de boutonner sa chemise.

— Je me demandais..., reprit-il d'un ton hésitant. Lorsque je ne suis pas en voyage... Lorsque je suis ici, est-ce que nous sortons ensemble ?

— Pas souvent, répondit-elle sans oser croiser son regard. Je préfère généralement rester à la maison.

La proximité de Leon éveillait en elle un trouble croissant et elle devait se faire violence pour résister à la tentation d'effleurer sa peau du bout des doigts.

— Est-ce que je sors sans toi, dans ces cas-là ? lui demanda-t-il.

— Parfois, répondit-elle en s'efforçant d'adopter

un ton léger. Mais ce soir, j'ai bien peur que tu ne sois condamné à rester ici. Là, ajouta-t-elle en attachant le dernier de ses boutons, c'est parfait. Que dirais-tu d'aller manger ?

— Je te suis, acquiesça-t-il.

Ils quittèrent donc le salon et se dirigèrent vers la salle à manger voisine où la table avait déjà été dressée.

— J'imagine que nous avons du personnel ? lui demanda Leon.

Elle hocha la tête.

— C'est vraiment une très belle maison, déclara-t-il tandis qu'ils prenaient place à table.

— Elle appartient à ma famille depuis plusieurs générations, expliqua Rose. C'est ici que j'ai grandi et j'y suis très attachée.

— Cela ne m'étonne pas.

— Je me rappelle les réceptions que donnaient mes parents, lorsque j'étais encore enfant, reprit-elle d'une voix légèrement rêveuse. Je me cachais sur le palier du premier étage pour surveiller la porte d'entrée... Ma mère paraissait si heureuse, à cette époque. Je me disais qu'un jour, moi aussi je serais comme elle. J'aurais un mari, des tas d'amis et une belle maison pour les accueillir...

Elle s'interrompit, percevant distinctement l'amertume qui perçait dans sa propre voix.

— Mais les choses n'ont pas tourné de cette façon, n'est-ce pas ? murmura Leon.

— Qu'est-ce qui te fait dire cela ? lui demanda-t-elle surprise. Est-ce que tu te rappelles quelque chose ?

Il secoua la tête.

— Non, répondit-il. J'ignore tout de la nature de nos

relations. Mais il n'est pas besoin d'être devin pour savoir que quelque chose ne va pas...

Elle se força à lui sourire d'un air détendu.

— Tu as été très occupé depuis la mort de mon père, expliqua-t-elle. Gérer son entreprise n'est pas une sinécure, loin de là. Nous n'avons pas eu le temps d'organiser ce genre de fêtes, c'est tout...

Il l'observa d'un air dubitatif. De toute évidence, elle ne l'avait nullement convaincu.

— La vie ne ressemble pas toujours à ce que nous imaginons lorsque nous sommes enfants, ajouta-t-elle.

Un sourire teinté d'ironie se dessina sur les lèvres de Leon.

— J'imagine que j'ai de la chance, dans ce cas. Je ne me souviens pas du tout de ce dont je pouvais bien rêver, étant jeune.

Ils furent interrompus par l'entrée de Diane, l'une des domestiques, qui leur apportait le dîner.

— Ça sent divinement bon, commenta Leon en observant l'assiette qu'elle venait de poser devant lui. Qu'est-ce que c'est ?

— Chateaubriand et risotto aux cèpes, répondit Rose. C'est l'un de tes plats préférés.

— Au moins, cet accident ne semble pas avoir modifié mes goûts, déclara Leon.

— Est-ce que vous prendrez du vin ? s'enquit Diane.

— Pas pour moi, merci.

— Pour moi non plus, répondit Rose à contrecœur.

— Si tu en veux, n'hésite pas, lui dit Leon. Ce n'est pas parce que je suis au régime sec que tu es forcée de m'imiter.

Diane adressa un regard interrogatif à Rose qui hocha la tête.

— C'est très généreux de ta part, fit-elle remarquer tandis que Diane remplissait son verre.

Leon la considéra très attentivement.

— Dirais-tu que je suis un homme généreux, d'ordinaire ? lui demanda-t-il de but en blanc.

Diane se retira sur la pointe des pieds. Rose attendit qu'elle se fût éclipsée avant de hocher la tête.

— Tu donnes beaucoup d'argent à diverses fondations caritatives.

Il ne la quittait pas des yeux.

— Mais... ? fit-il.

Rose s'empourpra légèrement.

— Mais il y a de nombreuses formes de générosité... et d'égoïsme.

— Peux-tu être plus précise ?

— Je n'aurais pas dû dire cela, répondit-elle.

— Pourquoi pas ? Si c'est ce que tu penses...

— C'est une opinion personnelle, expliqua-t-elle. Ce dont tu as besoin, avant tout, c'est de faits objectifs.

— Le fait que ma propre épouse ne me considère pas comme quelqu'un de généreux est un fait objectif, affirma-t-il. Pas vraiment rassurant, peut-être, mais objectif.

— Écoute, Leon, je ne veux pas me disputer avec toi...

— Nous ne nous disputons jamais, objecta-t-il.

Elle le considéra avec surprise.

— Comment le sais-tu ?

Il fronça les sourcils et secoua doucement la tête.

— Je l'ignore. Mais je sais que tel est le cas. Est-ce que je me trompe ?

— Non.

De fait, elle avait passé toute sa jeunesse à idéaliser Leon et à le désirer en secret. Et depuis qu'ils s'étaient mariés, il lui avait opposé une indifférence polie qui ne laissait aucune prise à la colère.

— Cela non plus, ça n'est pas très bon signe, j'imagine, commenta-t-il.

— Je te l'ai dit...

— Je sais, l'interrompit-il. Je ne suis jamais là. Mais je me demande bien pourquoi tel est le cas. Et ne me dis pas que c'est une question de travail. Il y a des priorités dans la vie.

Rose lui lança un regard interdit. Jamais elle n'aurait imaginé l'entendre dire un jour quelque chose de ce genre. Mais elle se rappela que Leon n'était plus vraiment lui-même.

Leon se mit à manger en silence.

Il apparaissait de plus en plus clairement que l'homme qu'il avait été n'avait rien d'un mari idéal. D'après ce qu'il avait cru comprendre, les parents de son épouse étaient morts tous les deux. Elle ne semblait pas avoir de frères et sœurs. Et, s'il fallait l'en croire, elle passait le plus clair de son temps dans cette maison à l'attendre.

Pourquoi s'absentait-il si souvent ? Pourquoi ne l'emmenait-il pas avec lui ? Et lorsqu'il était ici, pourquoi ne lui consacrait-il pas plus de temps ?

Avait-elle commis une faute qu'il était incapable de lui pardonner ? Avait-elle trahi sa confiance ? L'avait-elle trompé ?

Il observa attentivement la jeune femme qui lui faisait

face, cherchant vainement une trace de culpabilité. Il émanait d'elle une impression d'innocence et de pureté, de candeur, presque.

D'ailleurs, ne s'était-elle pas précipitée à son chevet dès qu'elle avait appris son accident ? N'avait-elle pas fait preuve à son égard de douceur et de sollicitude ? Il était évident qu'elle tenait à lui. Et pourtant, elle demeurait étrangement distante.

Se pouvait-il qu'il soit en fait le responsable de la tension qui régnait entre eux ? Cette éventualité lui paraissait détestable. Mais il ne pouvait se permettre de la négliger. Après tout, que savait-il de l'homme qu'il avait été ?

Peut-être se conduisait-il à l'égard de son épouse comme un véritable salaud. Peut-être la trompait-il ou la battait-il...

Cette incertitude était insupportable. Il aurait voulu assaillir Rose de questions mais il savait que les médecins lui avaient conseillé de ne rien dire, de laisser ses souvenirs resurgir naturellement.

Pour la première fois depuis qu'il avait repris connaissance à l'hôpital, il se demanda si recouvrer la mémoire serait nécessairement une bonne chose. Que ferait-il s'il découvrait qu'il était en fait un sale type ?

Jusqu'alors, la situation dans laquelle il se trouvait lui avait paru désagréable et passablement frustrante. Mais il prenait conscience à présent qu'elle pouvait se révéler bien plus angoissante encore.

Malheureusement, il n'avait d'autre choix que d'attendre en espérant que ce que révéleraient ses souvenirs retrouvés ne serait pas aussi terrible qu'il ne le craignait. En attendant, il se promit de faire preuve de prévenance et de tendresse à l'égard de Rose.

Si l'autre lui-même s'était rendu responsable du malheur de la jeune femme, il parviendrait peut-être à se faire pardonner.

4

Cela faisait à présent une semaine que Leon était de retour à Tanner House et, s'il commençait à se rétablir physiquement, il n'avait toujours pas retrouvé l'ombre d'un souvenir.

Plus le temps passait et plus Rose sentait monter en elle une sensation de malaise. Qu'adviendrait-il d'elle s'il ne recouvrait jamais la mémoire ? Parviendrait-elle à le quitter tout de même ?

Car elle n'était plus aussi certaine d'en avoir envie. Depuis son accident, Leon était devenu un autre homme, bien plus prévenant et attentionné qu'auparavant. Il se montrait à son égard d'une douceur et d'une gentillesse qui la troublaient bien plus qu'elle ne l'aurait voulu.

Elle ne pouvait cependant se permettre de succomber au charme de cet inconnu qui avait pris momentanément la place de son époux. Dès qu'il serait de nouveau lui-même, ce rêve prendrait fin et tout redeviendrait exactement comme avant.

Alors même qu'elle se faisait cette réflexion, elle aperçut Leon qui remontait l'allée centrale du parc. Il marchait d'un bon pas et ne paraissait plus souffrir de ses blessures. Levant soudain les yeux vers elle, il lui décocha un sourire et lui adressa un petit signe de la main.

Il aurait été si facile de se laisser aller à cette illusion, de se convaincre que Leon avait réellement changé. Elle aurait même pu lui laisser penser que leurs rapports étaient bien plus passionnés qu'ils ne l'étaient en réalité.

Cette idée fit courir un violent frisson le long de sa colonne vertébrale. Elle se morigéna intérieurement. Il n'était pas question de céder. Cela aurait constitué un impardonnable abus de confiance. Et cela n'aurait fait que compliquer les choses par la suite. Si elle voulait sortir indemne de cette épreuve, elle allait devoir résister à la tentation et garder ses distances.

Tandis qu'elle se faisait ces réflexions, Leon l'avait rejointe sur la terrasse.

— Bonjour, Rose, lui dit-il. Qu'est-ce que tu lis ? ajouta-t-il en désignant l'ouvrage qui était posé à côté de sa tasse de thé.

— *Jane Eyre*, répondit-elle. Curieusement, je ne l'avais encore jamais lu.

Un sourire amer se dessina sur les lèvres de Leon.

— Quant à moi, j'ignore si je l'ai fait, commenta-t-il d'un ton ironique.

Elle éclata de rire.

— Très franchement, cela m'étonnerait beaucoup.

— Pourquoi donc ?

— Ce n'est vraiment pas le genre de livre que je t'imagine lire, répondit-elle.

Il haussa les épaules.

— Dieu seul sait quels sont mes goûts en la matière.

— Tu ne lis pas beaucoup. Et lorsque tu le fais, il s'agit surtout d'essais consacrés à l'économie.

— C'est ce que j'ai étudié à l'université, j'imagine.

— Tu n'es pas allé à l'université.

Il la considéra d'un air dubitatif.

— Comment est-ce possible ? Étant donné la place que j'occupe, il a bien fallu que j'apprenne quelques rudiments de gestion...

— C'est mon père qui t'a formé, expliqua Rose. Tu es entré très jeune dans son entreprise. Ton premier emploi n'était pas très qualifié. Mais papa a perçu chez toi un certain potentiel et il t'a pris sous son aile. Je crois que tu lui rappelais sa propre jeunesse...

— Je venais d'un milieu différent du vôtre, n'est-ce pas ?

Rose acquiesça.

— Je suis né en Grèce, murmura Leon en fronçant les sourcils. Ma famille était très pauvre... C'est pour cela que j'ai décidé d'émigrer aux États-Unis.

— Je ne savais pas.

Leon lui lança un regard étonné. Elle prit alors conscience de l'étrangeté de la chose. Comment pouvait-elle ignorer un élément aussi important de sa vie ?

— Tu ne parles jamais de ton passé, expliqua-t-elle. Je ne connais même pas les membres de ta famille.

— Ils ne sont pas venus à notre mariage ?

— Non. La cérémonie s'est faite de façon un peu précipitée parce que mon père était sur le point de mourir. Nous tenions tous les deux à ce qu'il y assiste.

— Tout de même, je trouve étrange que nous n'ayons jamais abordé le sujet.

— Comme tu l'as peut-être déjà deviné, nous ne sommes pas si proches que cela, toi et moi...

— Pourtant, si j'ai bien compris, nous nous connaissons depuis très longtemps.

Rose hocha la tête, se demandant si elle l'avait réellement connu, si la version idéalisée qu'elle avait bâtie de lui n'avait pas fini par prendre la place de l'homme, l'empêchant de le voir tel qu'il était réellement.

— Je sais au moins quel est ton plat préféré, déclara-t-il alors avec un sourire malicieux.

— Vraiment ?

— Le homard. J'ai demandé au cuisinier d'en préparer pour le dîner.

Rose lui jeta un regard intrigué. Ce genre de prévenance ne lui ressemblait guère.

— Tu t'en es rappelé par toi-même ?

— Malheureusement non. Mais je me suis renseigné à ton sujet auprès du personnel.

— Pourquoi ?

— Parce que tu es mon épouse, répondit-il sur le ton de l'évidence.

Elle ne put réprimer un léger frisson. Il y avait dans sa voix une pointe de possessivité à la fois flatteuse et légèrement inquiétante.

— Tu es mon seul lien avec le passé, reprit-il. Et tu as pris soin de moi depuis l'accident.

— Pas toute seule, objecta-t-elle d'un ton qui se voulait léger. Il y a l'infirmière qui passe tous les jours. Et le médecin qui te suit...

— Certes. Mais sans ta présence, je pense que les choses auraient été beaucoup plus difficiles. Et je tenais à te remercier pour cela.

Le regard de Leon trahissait une affection qui la prit complètement au dépourvu. Combien de fois avait-elle rêvé qu'il la regarde un jour de cette façon ? Jamais la tentation n'avait été aussi grande de renoncer à toutes ses résolutions et d'aller se nicher entre ses bras.

Elle s'abstint cependant de le faire. Après tout, rien ne lui permettait de penser que la tendresse dont Leon faisait preuve se doublait d'un quelconque désir à son endroit.

— Il n'y a pas de quoi, articula-t-elle d'une voix légèrement étranglée.

Il lui tendit alors la main et, après une infime hésitation, elle la prit. Ce simple contact éveilla sur sa peau un délicieux fourmillement.

— Allons voir si ce homard est prêt, déclara-t-il avec un entrain qui paraissait un peu forcé.

Dans ses yeux, elle crut lire un trouble qui reflétait le sien. Mais peut-être s'agissait-il d'une simple projection de sa part...

Leon l'entraîna au bas des marches. Ils contournèrent la maison pour gagner la véranda.

— Je me suis dit que ce serait un peu plus intime que cette immense salle à manger, expliqua-t-il.

Rose ne répondit pas, trop stupéfaite par la scène qui s'offrait à elle : une petite table éclairée par des bougies, une bouteille de champagne fichée dans un seau à glace et une musique douce qui flottait dans l'air.

Jamais Leon n'avait eu pour elle ce genre d'attentions. Et cela faisait bien longtemps qu'elle avait renoncé à en espérer.

— Ça te plaît ? lui demanda-t-il.

— Beaucoup, répondit-elle, se sentant plus perdue que jamais.

Qui était donc cet homme qui avait pris la place de

son époux ? Et comment se faisait-il qu'en dépit de son amnésie, il paraisse la connaître bien mieux que le Leon d'autrefois ?

— C'est une façon de te remercier pour tout ce que tu as fait pour moi, expliqua-t-il.

— Tu n'étais pas obligé, lui assura Rose.

— Cela me fait plaisir, répondit-il en la guidant jusqu'à son siège.

Lorsque leurs doigts se séparèrent, elle éprouva une lancinante sensation de regret et de manque. Leon déboucha la bouteille et remplit la flûte de Rose avant de se servir un verre d'eau.

— Je croyais que tu avais arrêté de prendre tes antalgiques, fit-elle remarquer.

— Effectivement. Mais j'ai réfléchi à la sensation de manque que j'ai ressentie durant les premiers jours et je me suis dit qu'il valait peut-être mieux éviter de me remettre à boire. Si cet accident me permet d'échapper à l'alcoolisme mondain, ce sera déjà ça…

— C'est une sage décision, reconnut-elle.

C'était aussi une résolution que n'aurait probablement jamais prise l'ancien Leon. Elle avait toujours soupçonné que l'alcool, les fêtes et les maîtresses lui permettaient de s'anesthésier, comme s'il cherchait à fuir quelque démon intérieur dont elle ignorait tout. Le nouveau Leon paraissait bien plus apaisé.

— Nous avons beaucoup parlé de moi, au cours de ces derniers jours, fit-il remarquer en prenant place en face d'elle. J'aimerais que nous parlions un peu de toi, ce soir, pour changer.

— Je ne suis pas sûre que ce soit un sujet captivant, commenta-t-elle.

— Laisse-moi en juger.

Elle haussa les épaules.

— Je passe le plus clair de mon temps dans cette maison à lire ou à écouter de la musique, répondit-elle.

— Tu n'as pas d'amis ?

— La plupart ont quitté la région. Ils sont partis pour étudier, pour travailler ou parce qu'ils se sont mariés... Je ne les revois que lorsqu'ils viennent voir leurs parents, pendant les vacances.

— Et tu n'as jamais songé à partir, toi aussi ?

— Nous sommes mariés, lui rappela-t-elle.

— Si j'ai bien compris, cela ne m'empêche pas de parcourir le monde. Pourquoi n'en ferais-tu pas autant ?

Curieusement, jusque très récemment, Rose ne s'était jamais posé la question. Elle s'était contentée d'attendre que Leon daigne la remarquer, espérant contre toute attente qu'il finirait par la voir pour ce qu'elle était et par tomber amoureux d'elle.

C'était sans doute très naïf de sa part. Mais la vérité, c'était qu'elle manquait cruellement d'expérience. Elle avait passé le plus clair de son existence ici, dans un environnement protégé. Les écoles privées qu'elle avait fréquentées étaient tout aussi préservées des dures réalités de l'existence et elle se sentait peu armée pour faire face au monde réel.

— J'y ai beaucoup réfléchi, ces derniers temps, répondit-elle. Et c'est peut-être ce que je ferai, dès que tu te seras remis de ton accident.

Leon la contempla pensivement.

— Dis-moi, Rose, pourquoi m'as-tu épousé, au juste ?

La question la prit totalement au dépourvu et il lui

fallut plusieurs secondes pour se ressaisir et improviser un semblant de réponse.

— J'imagine que la plupart des femmes auraient rêvé de le faire, répondit-elle. Tu es l'homme le plus séduisant que je connaisse. Tu es brillant et tout te réussit. Quant à moi, eh bien... Je suis assez quelconque...

Leon secoua la tête.

— Ce n'est vraiment pas un mot que je choisirais pour te décrire, Rose. À vrai dire, tu es tout sauf quelconque. Sais-tu que la seule chose dont je me souvenais en reprenant connaissance, c'était tes yeux. J'avais tout oublié, jusqu'à mon propre nom, mais je me souvenais de ton regard. Et je t'assure qu'il n'a rien de quelconque. Tu as des yeux magnifiques, Rose.

À ces mots, elle ne put s'empêcher de rougir. Une fois de plus, elle avait l'impression qu'après toutes ces années son rêve le plus cher était sur le point de se réaliser, que pour la première fois Leon la regardait enfin.

— C'est gentil, dit-elle, le cœur battant à tout rompre.

— La gentillesse n'a rien à voir là-dedans, objecta-t-il. À ce stade, il y a peu de choses dont je puisse être vraiment sûr. Mais cela, au moins, ne fait aucun doute dans mon esprit.

Il posa doucement sa main sur celle de Rose qui frémit de la tête aux pieds.

— Tu es ma femme, lui dit-il d'un ton très grave. Et je veux tout savoir de toi.

— D'accord, fit-elle d'une voix enrouée par une émotion qu'elle avait beaucoup de mal à contenir.

Leon retira sa main et s'adossa contre sa chaise.

— Es-tu allée à l'université ?

— Oui.

— Et qu'as-tu étudié ?

— L'Histoire, répondit-elle. Je voulais me spécialiser dans l'Histoire médiévale…

— Pourquoi ne l'as-tu pas fait ? s'étonna-t-il.

— Parce que nous nous sommes mariés.

— C'était il y a deux ans, n'est-ce pas ?

Rose hocha la tête.

— Quel âge avais-tu ?

— Vingt ans, presque vingt et un.

— N'est-ce pas un peu jeune pour se marier ? objecta Leon.

— Sans doute… Mais je te l'ai dit : nous voulions le faire avant la mort de mon père. Il voulait être certain que lorsqu'il ne serait plus là, il y aurait toujours quelqu'un pour prendre soin de moi.

— Sauf qu'au lieu de le faire, je passe mon temps à voyager…

— Ce n'est pas vrai, affirma-t-elle sans vraiment savoir pourquoi elle prenait sa défense. Après la mort de papa, tu m'as beaucoup aidée. C'est toi qui t'es occupé de tout lorsque je n'étais pas en état de le faire…

— Tant mieux, répondit Leon. Je commençais à me faire l'effet d'être un beau salaud. Mais pourquoi n'as-tu pas repris tes études ?

— J'ai traversé une période difficile, expliqua-t-elle. Et puis je me suis lancée dans une tâche qui m'a beaucoup occupée.

— Laquelle ?

— J'ai entrepris de reconstituer l'arbre généalogique de ma famille.

— Et pendant ce temps, je fais la fête aux quatre coins du monde…

— Tu travailles beaucoup. Ces soirées sont une façon de te détendre, j'imagine...

Il l'observa attentivement, comme s'il cherchait à lire en elle.

— Tu ne me dis pas tout, déclara-t-il enfin.

Rose haussa les épaules.

— Toute vérité n'est pas toujours bonne à dire.

Leon se leva alors, vint s'agenouiller à côté d'elle et reprit sa main dans la sienne.

— Peut-être est-il temps pour nous d'écrire une nouvelle vérité, lui dit-il gravement. Voyons cet accident comme une chance, plutôt que comme une fatalité...

— Tu dis cela parce que tu es enfermé ici. Tu t'ennuies et je suis la seule personne à qui tu aies affaire...

— À t'entendre, on pourrait croire que je suis un enfant, fit remarquer Leon d'un ton réprobateur.

L'intensité avec laquelle il la contemplait en cet instant fit naître au creux de son ventre une chaleur qui se répandit en elle, menaçant de la submerger totalement. Jamais il ne l'avait regardée de cette façon — comme une femme.

— Je ne suis pas un enfant, déclara-t-il. Et toi non plus, Rose...

Se redressant légèrement, il se pencha vers elle pour l'embrasser. Avant même qu'elle ait compris ce qu'il s'apprêtait à faire, elle sentit ses lèvres se poser sur les siennes. Elles étaient douces et brûlantes, à la fois tendres et conquérantes.

Rose aurait sans doute dû le repousser. Elle était certaine qu'il aurait accepté cette rebuffade. Mais elle était incapable de repousser ce baiser dont elle avait tant rêvé. Il n'avait rien à voir avec celui qu'ils avaient échangé le jour de mariage. Il n'était ni chaste ni réservé. Il disait sans la moindre ambiguïté tout le désir que Leon avait d'elle en cet instant.

Et Rose sentait son corps tout entier y répondre. L'envie qu'elle avait de lui pulsait au creux de ses cuisses, gonflait sa poitrine et faisait vaciller sa raison. Sans même s'en rendre compte, elle avait commencé à lui rendre son baiser.

Encouragé par cette réaction, Leon se fit plus pressant et leurs langues se mêlèrent, décuplant le désir de Rose. Elle se savait totalement à sa merci mais elle s'en moquait. Plus rien n'avait d'importance à présent que ce besoin impérieux, cette faim primale qui l'habitait tout entière.

Elle s'y abandonna corps et âme, se laissant aller au flot de sensations merveilleuses qui déferlait en elle. Jamais personne ne l'avait embrassée de cette façon. Les rares expériences qu'elle avait pu faire au lycée ou à l'université ne pouvaient se comparer à l'intensité de ce qui était en train de se produire.

Alors qu'elle se pressait contre lui, il poussa un petit gémissement de douleur et elle s'écarta aussitôt.

— Je suis désolée, bredouilla-t-elle. Je t'ai fait mal...

— Ce n'est rien, lui assura Leon. En tout cas, ce n'est pas une raison pour nous arrêter...

Alors qu'il faisait mine de l'embrasser de nouveau, elle tendit la main pour l'en empêcher.

— Qu'y a-t-il ? s'enquit Leon.

— Nous ne devrions pas faire cela, déclara-t-elle à contrecœur.

— Tu ne semblais pas trouver cela si désagréable, fit-il remarquer malicieusement.

— Là n'est pas la question. Tu n'as toujours pas retrouvé la mémoire ?

— Et alors ? s'exclama-t-il. Ce n'est pas comme si nous faisions quelque chose de mal, n'est-ce pas ? Nous sommes mariés, après tout. Et ce que j'éprouve en ce moment n'est pas une question de souvenirs mais de sensations.

— Notre relation...

Rose hésita, ne sachant comment lui expliquer que c'était la première fois qu'il la touchait de cette façon.

— Écoute, lui dit-il d'une voix très douce, je sais que les choses ne vont pas au mieux entre nous. Mais j'ai envie de toi et tu as envie de moi. N'est-ce pas une bonne base pour commencer à recoller les morceaux ?

Elle secoua doucement la tête.

— Ce n'est pas aussi simple, lui assura-t-elle.

— Qu'y a-t-il de si compliqué ? insista Leon.

Rose demeura silencieuse. La tentation était grande de se laisser guider par son propre désir, de réaliser enfin le fantasme qu'elle caressait depuis tant d'années.

Malheureusement, elle était convaincue que tout cela ne pourrait que très mal se terminer. Dès que Leon recouvrerait la mémoire, il s'éloignerait de nouveau d'elle et reprendrait son existence antérieure. Et Rose en aurait le cœur brisé.

Le plus sage était d'oublier au plus vite ce bref moment d'égarement. Mais, comme elle parvenait à cette conclusion, Leon lui prit doucement la main et la porta à ses lèvres. Malgré elle, Rose ne put réprimer un frisson de désir.

— Non, s'exclama-t-elle en retirant précipitamment ses doigts.

Comprenant que le salut était dans la fuite, elle se redressa brusquement et quitta la véranda à grands pas.

5

Rose dut se faire violence pour ne pas se mettre à courir dans l'escalier. En dépit de sa fuite, elle tenait à préserver un semblant de dignité. Mais ce n'est que lorsqu'elle atteignit enfin sa chambre qu'elle parvint enfin à respirer normalement et à discipliner les battements affolés de son cœur.

Elle ne voulait pas penser à ce qui venait de se passer et décida de prendre un bain pour tenter de se détendre. Se défaisant de sa robe, elle la laissa glisser à ses pieds avant de se diriger vers la salle de bains. Là, elle fit couler l'eau et se débarrassa de ses sous-vêtements.

Se plaçant devant la glace, elle attacha ses cheveux en arrière et considéra pensivement son visage qui se reflétait dans la glace. Ses joues étaient encore empourprées par l'émotion qu'elle venait d'éprouver et son regard était légèrement trouble.

Rétrospectivement, elle s'étonna d'avoir trouvé la force de résister à la tentation.

— Je me demande combien de fois je me suis tenu ici pour te contempler pendant que tu te préparais...

Le cœur battant à tout rompre, Rose se retourna et découvrit Leon qui se tenait nonchalamment appuyé contre le chambranle de la porte. Il la contemplait avec attention et elle se sentit rougir violemment.

Jamais aucun homme ne l'avait vue nue. Évidemment, Leon ne pouvait le deviner. Il était probablement convaincu que tous deux avaient été intimes, au moins aux premiers temps de leur mariage. Il ne pouvait imaginer à quel point cette intrusion était embarrassante.

Rose chercha vainement des yeux quelque chose dont elle aurait pu se couvrir.

— C'est étrange de ne pas se souvenir de cela, reprit pensivement Leon. De ne pas se rappeler le corps de sa propre femme... Comment ai-je pu oublier cela ?

Rose ne répondit pas, se contentant d'avaler difficilement sa salive. Tétanisée, elle ne parvenait pas à se résoudre à bouger et demeura immobile comme un animal pris dans les feux d'une voiture. C'était l'impression qu'elle se faisait, d'ailleurs : celle d'être une créature sans défense.

Le plus étrange était qu'en dépit de son embarras, elle se sentait également excitée par cette scène.

— Tu es très belle, lui dit-il alors.

Rose sentait fondre la détermination dont elle était parvenue à faire preuve lorsqu'ils se trouvaient dans la véranda. Elle comprit que Leon n'aurait aucun mal à obtenir d'elle ce qu'il voudrait. Il lui suffirait d'un geste pour avoir raison de sa résistance.

— C'est gentil, dit-elle d'une voix étranglée. Je n'ai pas l'habitude de recevoir de tels compliments.

— Dans ce cas, je te présente mes excuses. C'est quelque chose que j'aurais dû te dire bien plus souvent.

— Tu manques peut-être de point de comparaison, objecta-t-elle.

— Parce que j'ai tout oublié ?

Elle hocha la tête.

— Détrompe-toi, répondit-il. Je me rappelais parfaitement à quoi ressemble le corps d'une femme. Pas un corps en particulier, prit-il soin d'ajouter.

Il se détacha du chambranle et fit un pas vers elle. Partagée entre terreur, fascination et curiosité, Rose ne fit pas un geste. Elle avait parfaitement conscience d'être en train de capituler. Toute idée de fuite avait désormais déserté son esprit et elle se sentait au contraire impatiente de découvrir jusqu'où cette confrontation les mènerait.

— Je sais que tu penses que nous devrions attendre, ajouta Leon. Mais j'aimerais que tu écoutes ce que j'ai à te dire. J'ai l'impression que la relation que nous avions avant mon accident était plutôt dysfonctionnelle. Je ne sais pas ce qui a bien pu se passer et, très franchement, je m'en moque. Je suis convaincu que nous sommes faits l'un pour l'autre. Et si nous nous sommes mariés, c'est que j'ai dû le penser autrefois. Quelles que soient les raisons pour lesquelles j'ai pu perdre ça de vue, cela n'a plus aucune importance aujourd'hui. J'espère que tu pourras me pardonner et me donner une seconde chance…

Rose fut incapable de répondre à ce plaidoyer. N'était-ce pas précisément ce qu'elle avait espéré entendre durant toute son existence ?

— Je ne veux pas attendre que ma mémoire revienne, reprit-il. Nous ne sommes même pas sûrs que cela se produira un jour et il est hors de question que je mette ma vie entre parenthèses entre-temps. Aujourd'hui, je n'ai plus rien, Rose. Rien d'autre que cette envie que j'ai de toi.

Il y avait dans la voix de Leon une telle intensité qu'elle se sentit frissonner de la tête aux pieds. Depuis qu'elle était jeune, elle n'avait vécu que pour ce moment. Elle avait patiemment attendu qu'il la regarde précisément de la façon dont il la contemplait en cet instant.

C'était la raison pour laquelle elle avait accepté l'idée de ce mariage, espérant que cette union leur donnerait l'occasion de se découvrir mutuellement, tant sur le plan émotionnel que physique.

Mais Leon ne l'avait jamais touchée et, après deux ans de vie commune, elle était toujours vierge. L'absurdité de cette situation avait fini par lui donner le courage de partir, de mettre fin à cette relation qui n'allait nulle part.

Et voilà qu'au moment où elle n'attendait plus rien de lui, il lui offrait une nouvelle chance, un nouvel espoir. Au fond d'elle-même, elle savait que les choses n'étaient probablement pas aussi simples et qu'en acceptant sa proposition elle prendrait un risque inconsidéré.

Mais elle n'avait plus la force de résister à son propre désir. Elle avait été forte durant des années — après la mort de sa mère, après celle de son père puis durant son mariage avec Leon, tandis qu'il la délaissait pour coucher avec d'autres femmes.

Elle ne voulait pas continuer indéfiniment à se sacrifier. Et, même si cette aventure devait se solder par une terrible déconvenue, elle aurait au moins eu la chance de réaliser son rêve, fût-ce une seule fois.

Rassemblant son courage, elle fit alors un pas vers lui. Son cœur battait la chamade et son corps tout entier était parcouru d'irrépressibles tressaillements. Mais elle se força à faire un pas de plus. Et un dernier, pour couvrir la distance qui les séparait encore.

Levant une main hésitante, elle la posa sur son épaule. Leon passa les bras autour de sa taille et la serra doucement contre lui.

Elle sentit très distinctement l'envie qu'il avait d'elle, et cela ne fit qu'attiser son propre désir. Jamais elle n'aurait imaginé qu'il puisse être aussi puissant, aussi entêtant. Elle le sentait couler dans ses veines, s'insinuer au plus profond d'elle-même, la consumer de l'intérieur.

— Tu n'as pas peur de moi, Rose ? lui demanda alors Leon.

— Non..., répondit-elle d'une voix mal assurée. Bien sûr que non.

— Ce n'est pas l'impression que tu donnes.

— Ce n'est pas de toi que j'ai peur, expliqua-t-elle. C'est de ce qu'il y a entre nous... J'ai l'impression que cela pourrait nous emporter tous les deux.

— C'est vrai, reconnut Leon.

Il effleura sa joue du revers de la main la faisant frémir violemment.

— Est-ce que ça a toujours été aussi intense ? lui demanda-t-il.

— Pour moi, oui.

— Je ne peux pas croire qu'il en ait été autrement pour moi. Ce que je ressens en ce moment est bien trop fort.

Rose fut prise d'un léger vertige. Tout ce que disait Leon ne ressemblait pas à l'homme qu'elle connaissait. Jamais ce dernier n'aurait exprimé ses sentiments de façon aussi libre et aussi directe.

Jamais il n'aurait éprouvé quelque chose d'aussi intense à son égard. Dans le cas contraire, il n'aurait pas eu besoin d'aller trouver d'autres femmes.

N'était-elle pas en train de se mentir ? De lui mentir ? De se servir de lui pour satisfaire son propre désir ? Cette idée la mettait terriblement mal à l'aise. Mais elle savait qu'il était désormais bien trop tard pour faire marche arrière.

— Je ne veux plus parler de tout cela, murmura-t-elle. Embrasse-moi.

Leon n'hésita pas un seul instant. Et lorsque ses lèvres se posèrent sur celles de Rose, elle sentit son corps tout entier s'enflammer entre ses bras. Jamais elle n'avait imaginé pouvoir éprouver une telle sensation. Cela dépassait tout ce qu'elle avait pu connaître jusqu'alors, y compris le baiser qu'ils avaient échangé dans la véranda.

Car elle était nue contre lui. Car elle savait qu'elle était sur le point de se donner à lui. Car elle brûlait de le sentir entrer en elle et la posséder corps et âme.

Plus rien n'avait d'importance. Ce qu'elle était en train de faire était peut-être immoral et répréhensible. Mais elle s'en moquait. Pendant des années, elle avait essayé d'agir avec droiture et cela ne lui avait rapporté que déception et amertume.

Il était temps pour elle de prendre sa revanche sur la vie, de découvrir enfin si la réalité était à la hauteur de ses rêves. Se laissant complètement aller aux sensations délicieuses qui l'envahissaient, elle rendit à Leon son baiser avec une ardeur qui les prit tous deux par surprise.

Il laissa échapper un grondement sourd auquel elle

répondit par une sorte de feulement inarticulé. Sans même qu'elle ait pris de décision consciente, ses doigts se posèrent sur la chemise de Leon, qu'elle commença à déboutonner.

Lorsque ce fut fait, elle laissa courir ses paumes sur sa large poitrine, se repaissant de l'impression de force qui émanait de lui. Il était tout ce dont une femme pouvait rêver et plus encore. Et pour cette nuit, au moins, il était tout à elle.

Les mains de Leon glissèrent le long de son dos et se posèrent sur ses fesses. Elles étaient fermes et décidées, presque possessives, et à ce contact Rose sentit monter une chaleur moite au creux de ses cuisses.

Elle avait l'impression de se liquéfier de l'intérieur. Cela dépassait de très loin les sensations qu'elle avait pu faire naître en elle en se caressant. C'était infiniment plus puissant, totalement irrésistible.

Était-ce parce qu'elle attendait cela depuis près de quinze ans ? Ou bien parce qu'il existait entre eux une alchimie particulière qu'elle avait jusqu'alors été la seule à percevoir mais qui s'exprimait à présent dans chacun de leurs gestes ?

Déjà, la main de Leon s'était glissée de ses fesses à son entrejambe qu'il massa délicatement, lui arrachant un gémissement rauque.

Encouragé par sa réaction, il poursuivit cette exploration du bout des doigts, faisant monter en elle un plaisir presque irrépressible. Elle ferma les yeux, se forçant à respirer profondément pour tenter de maîtriser les vagues de jouissance qui déferlaient en elle, l'emportant toujours plus loin.

Tout allait beaucoup plus vite qu'elle ne l'avait imaginé.

Et contrairement à ce qui se passait chaque fois qu'elle fantasmait cet instant, elle n'avait strictement aucun contrôle sur le rythme des caresses de Leon.

Avec une habileté diabolique, il la guidait vers le plaisir et elle n'avait d'autre choix que de s'abandonner à lui. Mais soudain, il s'arrêta et poussa un juron. Il fallut quelques instants à Rose pour recouvrer un semblant de maîtrise de soi.

Elle vit alors Leon traverser la salle de bains pour aller fermer le robinet. La baignoire qu'elle avait complètement oubliée était sur le point de déborder.

Rose comprit alors que ce bref répit était probablement sa dernière chance de changer d'avis, d'éviter ce qui était sur le point de se produire. Mais au lieu de prendre la fuite comme elle l'avait fait un peu plus tôt, elle demeura immobile, attendant avec impatience que Leon revienne vers elle.

Avant de la rejoindre, il la contempla longuement et, dans son regard, elle vit briller l'éclat de son désir. Le temps paraissait comme suspendu tandis que tous deux se dévoraient des yeux.

— Je suis désolé, lui dit-il alors.

— Pourquoi ?

— Pour tout le mal que j'ai pu te faire auparavant.

— Tu ne m'as jamais fait de mal, objecta-t-elle. Pas volontairement, en tout cas.

— Mais j'aurais dû te faire plus de bien, lui dit-il.

Tout en parlant, il avait débouclé sa ceinture. Fascinée, elle le vit déboutonner son pantalon et le laisser tomber à ses pieds. Son caleçon suivit, révélant son érection. Rose avala difficilement sa salive. C'était la première fois qu'elle se retrouvait face à un homme nu, et l'érotisme du moment la prit de court.

Buvant Leon du regard, elle s'émerveilla de le découvrir plus parfait encore qu'elle ne l'avait imaginé. Il était tout simplement magnifique.

Il la rejoignit enfin et la prit par la main pour l'entraîner dans la chambre voisine. Il la fit alors asseoir sur le lit et prit le temps de détacher ses cheveux avant d'y plonger ses doigts. Se penchant vers elle, il l'embrassa au creux du cou, lui arrachant un petit soupir de bien-être.

— Tu es sensible, on dirait, murmura-t-il. Voyons jusqu'à quel point...

La repoussant doucement, il l'étendit sur le lit et prit place à ses côtés. Sa bouche se posa alors sur l'un de ses seins qu'il effleura de l'extrémité de sa langue, la faisant frissonner de part en part.

Sa main ne restait pas inactive, remontant très lentement le long de sa cuisse, effleurant à peine sa peau. Mais cette seule sensation suffit à lui faire perdre de nouveau tout contrôle.

Il y avait dans cette expérience quelque chose de terrifiant : il suffisait à Leon d'un geste pour la transformer en créature de pur désir, prête à tout pour assouvir le besoin impérieux qu'elle avait de lui.

Elle gémit de nouveau et se pressa contre lui, cherchant à soulager la tension presque insoutenable qui l'habitait à présent. Elle voulait le sentir entrer en elle, la posséder enfin. Mais Leon prenait tout son temps.

Il passa à son autre sein, lui prodiguant les mêmes caresses tandis que sa main massait délicatement ses fesses.

— Je te veux, dit-elle d'une voix si rauque qu'elle en devenait méconnaissable.

— Pas si vite, répondit-il en riant doucement. Peu de gens ont la chance d'avoir une deuxième première fois. Alors je compte bien en profiter autant que je le peux. Si mes souvenirs ne reviennent jamais, il me restera au moins ceux-ci...

Sa bouche quitta enfin sa poitrine pour explorer son corps. Il fit preuve en cela d'une grande minutie, couvrant chaque centimètre carré de sa peau de petits baisers. Il descendit ainsi le long de son ventre, puis de sa cuisse avant de remonter avec une lenteur délibérée vers son sexe.

La tête renversée en arrière, Rose se laissait aller aux sensations merveilleuses qu'il lui procurait. Et lorsque sa bouche se posa enfin entre ses cuisses, lorsque sa langue se glissa dans les profondeurs de sa chair, elle fut secouée d'un tressaillement de pure extase.

Il glissa alors un doigt en elle et la massa très délicatement tandis que sa langue flattait la partie la plus sensible de son anatomie, provoquant d'irrésistibles élans de plaisir qui semblaient se réverbérer toujours plus loin en elle.

Un deuxième doigt rejoignit le premier et elle manqua défaillir.

— Viens, le supplia-t-elle.

— Tu es sûre ? lui demanda-t-il d'un ton faussement innocent.

— Leon ! protesta-t-elle.

Il laissa échapper un rire rauque de désir et remonta le long de son corps pour se positionner entre ses cuisses.

Elle sentit l'extrémité de son sexe se frotter doucement contre sa chair puis, soudain, il pénétra en elle.

Un éclair de souffrance la traversa et elle se mordit les lèvres pour ne pas crier. Un goût de sang se répandit dans sa bouche. Leon s'était immobilisé au-dessus d'elle et la considérait d'un air incertain, comme s'il n'arrivait pas réellement à croire à ce qui venait de se passer.

Comment aurait-il pu l'imaginer, d'ailleurs, lui qui croyait que leur mariage était authentique ?

Craignant qu'il ne se retire, elle noua ses jambes autour de sa taille et l'attira plus profondément en elle. La douleur avait déjà commencé à refluer, cédant place à une excitation renouvelée.

Rose ondula légèrement des hanches, ce qui parut tirer Leon de sa stupeur. Après un instant d'hésitation, il se mit à bouger en elle très précautionneusement. Elle accompagna chacune de ses impulsions, venant à sa rencontre.

Le désir qu'elle avait de lui se muait très rapidement en plaisir. Et son intensité était telle que Rose faillit y succomber totalement. Elle se raccrocha à Leon, ses doigts enserrant ses avant-bras sur lesquels il prenait appui. Elle sentit alors la tension qui l'habitait en cet instant.

De toute évidence, elle n'était pas la seule à lutter contre le plaisir, à lutter pour tenter de retarder l'inévitable échéance. Au plus profond d'elle, elle sentait palpiter son membre brûlant.

Cette impression dépassait tout ce qu'elle avait pu rêver. Il lui semblait que Leon et elle ne formaient plus qu'un seul être, uni par la puissance élémentaire de cette jouissance qui menaçait à tout instant de déferler sur eux comme un raz-de-marée.

Les mouvements de Leon se faisaient plus saccadés. Sur son visage, elle pouvait lire les efforts qu'il déployait pour prolonger encore un peu leur étreinte.

Et puis, brusquement, l'orgasme déferla en elle, l'emportant plus loin encore. S'abandonnant enfin à son propre plaisir, Leon la rejoignit quelques instants plus tard, s'enfouissant au plus profond d'elle comme pour consommer pleinement cette union charnelle.

Elle le sentit vaguement se retirer et s'écrouler sur le lit auprès d'elle. Tous deux demeurèrent plusieurs minutes immobiles, haletants, le temps de recouvrer un semblant de self-control.

— Dis-moi, Rose, dit enfin Leon d'un ton incrédule. Comment se fait-il qu'au bout de deux ans de mariage ma femme soit toujours vierge ?

6

Cela n'avait strictement aucun sens.

Comment Rose pouvait-elle être vierge ?

Ils étaient mariés depuis deux ans. Et c'était une femme très attirante, sensuelle et désirable. Comment avait-il pu résister à son charme ? Et surtout, pourquoi ?

Plus il y réfléchissait et moins il comprenait ce qui avait bien pu se passer. À moins, bien sûr, qu'elle ne se soit refusée à lui jusqu'à aujourd'hui...

— Tu ne regrettes pas ce qui vient de se passer, j'espère, lui dit-il d'une voix très douce.

— Bien sûr que non. J'en avais autant envie que toi.

Cet aveu le rassura quelque peu. Mais cela n'en rendait que plus mystérieux le fait qu'ils n'aient pas consommé plus tôt cette union.

— Comment se fait-il que ce ne soit jamais arrivé auparavant ? lui demanda-t-il.

Rose détourna les yeux, incapable de soutenir son regard.

— Tu ne me désirais pas, répondit-elle.

— Comment est-ce possible ?

— Ce n'est pas à moi qu'il faut poser la question, répondit-elle avec un sourire mélancolique. Quoi qu'il en soit, je n'aurais peut-être pas dû laisser les choses aller aussi loin. Dans la vraie vie, tu n'as pas envie de moi. Tu l'ignorais mais moi, je le savais. Et j'ai l'impression d'avoir profité de ton amnésie... Je suis désolée, Leon...

Il la contempla d'un air interdit, ne parvenant pas à s'imaginer que l'on puisse ne pas la trouver désirable.

— Mais tu es ma femme, objecta-t-il.

Elle haussa légèrement les épaules.

— Tu répètes cela comme si cela changeait quelque chose à la nature de nos relations. Mais la réalité, c'est que nous sommes mariés depuis deux ans et que tu n'as jamais voulu de moi.

— C'est insensé, protesta-t-il vivement. Tu vois bien que j'ai envie de toi. Ce n'est pas uniquement une réaction émotionnelle ou intellectuelle : c'est une réalité physique.

— Aujourd'hui, oui. Mais qui sait ce qui se passera le jour où tu recouvreras la mémoire.

— C'est pour cela que tu m'as repoussé, tout à l'heure ?

Elle acquiesça.

— Je ne comprends pas, soupira-t-il.

— Moi non plus, tu sais...

— Nous devrions tout reprendre à zéro, déclara Leon. Pourquoi nous sommes nous mariés si je ne te désirais pas ?

— Il y avait plusieurs raisons à cela, expliqua-t-elle d'une voix hésitante. Mon père te considérait un peu comme son fils. Il voulait te léguer son entreprise parce qu'il pensait que tu serais le plus qualifié pour t'en occuper. Il voulait aussi que tu prennes soin de moi, que tu me protèges.

Leon sentit son cœur se serrer dans sa poitrine. Le

père de Rose lui avait fait confiance, il lui avait confié ce qu'il avait de plus précieux. Et au lieu de se dévouer à son épouse, il l'avait délaissée. Un doute atroce s'insinua brusquement en lui.

— Tu as dit que je sortais souvent, reprit-il. Est-ce que je t'ai déjà trompée ?

— Je ne sais pas si on peut parler de tromper une femme lorsqu'on n'a jamais fait l'amour avec elle, déclara tristement Rose. Tu considères que nous avons contracté un mariage de façade. Tu ne m'as jamais demandé de te rester fidèle non plus, d'ailleurs. J'imagine que tu pensais que je prendrais un amant, moi aussi...

Il se demanda pourquoi elle ne l'avait pas fait. Un homme comme lui ne méritait certainement pas qu'une femme se voue à la chasteté éternelle.

Certes, l'idée qu'elle puisse se donner à un autre le rendait malade. Mais, étant donné les circonstances, il était très mal placé pour renégocier les termes du contrat tacite qui les unissait.

Tout ce qu'il pouvait faire, en réalité, c'était espérer qu'elle accepterait de lui pardonner ses errements passés, qu'il saurait lui faire oublier l'homme qu'il avait été.

— Il est temps que tout cela change, déclara-t-il d'un ton décidé.

Rose lui lança un regard incertain.

— Je veux faire en sorte que les choses aillent mieux pour toi, mieux pour nous. Je veux prendre un nouveau départ. Je sais que je n'ai pas le droit de demander ton pardon : contrairement à toi, je n'ai aucun souvenir des erreurs que j'ai pu commettre par le passé...

— Tu n'es pas le seul responsable, objecta-t-elle vivement. J'ai accepté ce mariage.

— Je ne comprends vraiment pas pourquoi.

— J'espérais que tu finirais par t'intéresser à moi, avoua-t-elle. C'est assez pitoyable...

— Ne dis pas cela, protesta Leon, touché par sa sincérité.

— Je crois que c'est pour cela que je ne t'ai rien dit depuis que tu es sorti de l'hôpital, poursuivit-elle. Inconsciemment, je devais espérer ce qui vient d'arriver. Mais je n'avais pas le droit de faire ça. C'était une forme de manipulation de ma part...

Leon demeura longuement silencieux, réfléchissant à la situation étrange dans laquelle ils se trouvaient.

— Dis-moi, lorsque j'ai accepté de t'épouser pour me conformer aux souhaits de ton père, t'ai-je dit que je considérais ce mariage comme une simple façade ?

— Non.

— Tu avais donc tout lieu de croire que nous deviendrions intimes, tous les deux.

— C'est ce que j'espérais, reconnut-elle d'une toute petite voix.

— Bien. Dans ce cas, tu n'as rien à te reprocher. En gardant le silence au sujet de nos véritables relations, tu as obtenu ce qui aurait dû t'être acquis d'emblée. Quant à moi, je ne regrette rien, bien au contraire. Même si j'avais su tout ce que tu viens de me dire, je ne t'en aurais pas moins désirée.

— Mais que se passera-t-il quand ta mémoire te reviendra ? s'enquit-elle.

— Le fait que mes souvenirs reviennent ne fera pas disparaître ceux que j'aurai accumulés d'ici là. Et après ce qui vient de se passer entre nous, je ne vois pas ce qui pourrait me convaincre de m'éloigner de toi. As-tu vu l'alchimie qu'il y a entre nous, Rose ? Comment pourrais-je y renoncer ?

— Tu le penses vraiment ? murmura-t-elle.

— Oui, répliqua-t-il sans hésiter un seul instant. Et d'ailleurs, je compte bien te le prouver dès à présent...

Sur ce, il se pencha vers elle et l'embrassa. Dès que leurs lèvres se mêlèrent, il sentit renaître l'envie qu'elle lui inspirait.

Ils ne dormirent pas beaucoup, cette nuit-là. Et lorsque Leon s'installa sur la terrasse pour prendre le soleil, ainsi que l'avait exigé son médecin, il ferma les yeux et s'efforça de trouver le sommeil. Mais il en fut incapable.

Les questions qui le taraudaient ne lui laissaient aucun répit. Car en dépit de tout ce qu'il avait pu dire à Rose, un doute lancinant s'était insinué en lui. Il ne parvenait pas à comprendre comment il avait bien pu demeurer aussi longtemps à l'écart d'une femme qui le désirait et qui exerçait sur lui une telle fascination.

En effet, loin de le rassasier, leurs étreintes passionnées n'avaient fait qu'accentuer le besoin qu'il avait d'elle. En cet instant même, il aurait tout donné pour se trouver dans ses bras, serré tout contre elle, le visage pressé dans ses cheveux pour humer l'odeur affolante de sa peau.

Si elle avait pris sur lui un tel ascendant en l'espace de quelques jours, comment était-il parvenu à lui rester indifférent pendant vingt-quatre mois ? Pourquoi n'avait-il pas fait l'amour avec elle ? Pourquoi ne l'avait-il pas embrassée ? Pourquoi avait-il passé son temps à la fuir ?

Car en y réfléchissant, c'était précisément ce qu'il avait fait. D'après Rose, il était presque toujours en voyage, faisait la fête à longueur de temps et multipliait les aventures. Il avait aussi de bonnes raisons de croire qu'il avait été porté sur la bouteille. Tout ceci ressemblait bel et bien à une fuite...

Toute la question était donc de savoir ce qui avait bien pu lui faire aussi peur ?

— Comment te sens-tu ?

Leon tressaillit légèrement et se tourna vers Rose qui venait d'apparaître dans l'encadrement de la porte-fenêtre. Il admira sa silhouette longiligne que mettait parfaitement en valeur la robe droite toute simple qu'elle portait ce jour-là. Il en oublia presque les questions qui le hantaient.

— Beaucoup mieux, répondit-il. Je suis maintenant capable de me déshabiller tout seul.

— Tant mieux, lui dit-elle avec un sourire malicieux. Tant que tu me laisses te déshabiller...

— Avec plaisir, s'exclama-t-il. D'ailleurs, je me disais justement que j'irais bien faire une petite sieste en ta compagnie...

— Le médecin a insisté pour que tu te mettes au soleil, objecta-t-elle. Nous aurons tout le temps pour... faire la sieste, ensuite.

— De l'avantage de ne pas travailler... J'espère juste que l'entreprise de ton père est entre de bonnes mains. Je ne voudrais pas que cet accident nous fasse faire faillite.

— Ne t'en fais pas pour cela. La société est entre de

bonnes mains. L'ancien associé de mon père a accepté de s'en occuper, le temps que tu te remettes sur pied.

— Est-ce qu'il sait, pour l'amnésie ?

— Oui, mais nous pouvons lui faire confiance.

— À ce propos, pourquoi n'as-tu pas fait des études de commerce ? Tu aurais pu reprendre l'entreprise toi-même, le moment venu.

— C'est ce que mon père aurait voulu mais j'ai préféré étudier l'Histoire.

— Pourquoi cette matière ?

Depuis qu'ils étaient devenus intimes, la curiosité que lui inspirait Rose avait redoublé. Il voulait apprendre à la connaître. Il voulait tout savoir d'elle. Par comparaison, son propre passé lui paraissait ne présenter que fort peu d'intérêt.

— J'aime la recherche, expliqua-t-elle. J'aime le calme et la tranquillité. J'aime les bibliothèques, les musées, les sites archéologiques… J'aime le silence qui permet de saisir les échos du passé…

— Et la solitude ? lui demanda Leon.

— La solitude aussi, acquiesça-t-elle. Il me semble souvent plus facile de me plonger dans de vieux manuscrits en latin que d'engager une discussion avec une personne en chair et en os.

— C'est pour cela que tu as pu rester si longtemps toute seule dans cette maison, n'est-ce pas ?

— Sans doute. Mais je crois que je n'ai jamais complètement perdu espoir de te voir venir enfin vers moi…

— Cet espoir a fini par se réaliser, fit-il remarquer. Je regrette seulement de ne pas avoir compris plus tôt que nous étions faits l'un pour l'autre.

Le sourire qui illumina le visage de Rose lui transperça

le cœur. Mais comme elle se penchait vers lui pour l'embrasser, il se prit à songer une fois de plus que tout ceci n'avait aucun sens et qu'il devait lui manquer une pièce déterminante du puzzle…

Les jours suivants s'écoulèrent comme le plus beau des rêves. Jamais Rose ne s'était sentie aussi heureuse. Sa relation avec Leon dépassait tout ce qu'elle avait pu imaginer.

Ils passaient presque tout leur temps ensemble, à discuter ou à faire l'amour, comme s'ils cherchaient tous deux à rattraper le temps perdu. Leon était un amant merveilleux. Tendre, ardent, passionné, il faisait toujours passer le plaisir de Rose avant le sien.

Il savait aussi la faire rire. Jusqu'à présent, elle se l'était toujours représenté comme quelqu'un de captivant mais de terriblement sérieux. Aussi avait-elle découvert avec un certain étonnement qu'il était doté d'un redoutable sens de l'humour.

Mais ce qui la fascinait le plus, c'était la complicité qui s'était installée entre eux au cours de ces derniers jours. Jamais elle ne s'était sentie aussi proche de quelqu'un et elle avait l'impression qu'ils pouvaient tout partager.

Pourtant, en dépit du caractère idyllique de cette situation, elle ne parvenait pas à écarter l'inquiétude sourde qui l'habitait. Un tel revirement paraissait trop beau pour être vrai et elle s'attendait à tout moment à ce que Leon redevienne brusquement le mari qu'elle avait toujours connu.

Cette angoisse ne la quittait pas et venait souvent troubler son sommeil.

— Madame...

Tirée de ses pensées, Rose se tourna vers Diane, qui venait de pénétrer dans la bibliothèque.

— Oui ?

— Il y a ici des gens qui demandent à voir Monsieur.

— Leon ne reçoit personne, lui rappela Rose. Pas tant qu'il n'aura pas recouvré la mémoire, en tout cas. Nous ne pouvons courir le risque que le bruit se répande.

— Je sais, acquiesça Diane. Mais l'avocat dit que c'est très important.

— Un avocat ? s'étonna Rose.

— Oui. Il y a un avocat, une jeune femme et un bébé...

Un frisson glacé parcourut l'échine de Rose. Elle comprit que le moment qu'elle avait tant redouté était arrivé, que son beau rêve était sur le point de voler en éclats...

— Un bébé ? répéta-t-elle d'une voix blanche.

Diane hocha la tête.

— Je ferais mieux d'aller voir de quoi il s'agit...

Luttant contre l'angoisse qui la rongeait intérieurement, elle quitta la bibliothèque et se dirigea vers le petit salon où attendaient leurs visiteurs.

Rose avisa tout d'abord la jeune femme dont Diane lui avait parlé. Elle était magnifique, semblant sortir tout droit des pages d'un magazine de mode. Grande, fine, élégante, elle avait de longs cheveux blonds et soyeux et de splendides yeux bleus parfaitement mis en valeur par le maquillage sophistiqué qu'elle portait.

L'homme qui se tenait à ses côtés avait les tempes

grisonnantes et était sanglé dans un costume gris parfaitement coupé. La montre et les chaussures qu'il arborait trahissaient des goûts de luxe.

Près du siège de la jeune femme était posée une nacelle de voiture. De l'endroit où elle se trouvait, Rose ne pouvait apercevoir le bébé.

— Je suis la femme de Leon Carides, annonça-t-elle en s'efforçant d'adopter un ton digne et assuré. Puis-je savoir qui vous êtes ?

— Je suis Me Lowden, avocat. Ma cliente ici présente souhaiterait s'entretenir avec votre époux, madame Carides.

— Tanner, le reprit-elle. De quoi s'agit-il exactement ?

— Je suis tenu par des règles de confidentialité..., commença Lowden.

— Étant donné les circonstances, je ne vois pas de raisons de faire des mystères, objecta la jeune femme blonde. Je suis venue rendre à Leon son enfant.

Depuis que Diane avait annoncé ces visiteurs, Rose avait pressenti la raison de leur présence ici. Mais cela n'atténua en rien le choc qu'elle éprouva en entendant ces mots. Craignant que ses jambes ne se dérobent sous elle, elle prit appui contre la bibliothèque.

— Cet enfant est le sien, ajouta la jolie blonde en désignant la nacelle d'un geste de la main. Et il est temps qu'il prenne ses responsabilités.

Lorsqu'ils se retrouvèrent tous réunis dans le bureau de Leon, quelques minutes plus tard, Rose ne s'était toujours pas remise du choc qu'elle venait d'éprouver. Leon paraissait accuser le coup tout autant qu'elle. Il se contentait de dévisager d'un air abasourdi April, la jeune femme avec laquelle il avait eu un bébé.

C'était une adorable petite fille aux cheveux d'un noir de jais prénommée Isabella et qui était âgée de quatre mois seulement.

Rose savait depuis longtemps que Leon la trompait. Mais jamais encore elle ne s'était trouvée directement confrontée à l'évidence de cette infidélité. Et l'intimité qui était aujourd'hui la leur ne faisait qu'accentuer l'impression d'avoir été trahie. Et le pire, c'est qu'il ne devait pas même se rappeler d'April...

— Ma cliente et vous avez signé un contrat aux termes duquel vous reconnaissez votre paternité et vous vous engagiez à lui verser une pension alimentaire si elle assurait la garde de cet enfant, résuma l'avocat d'une voix posée.

Tout en parlant, il avait fait glisser vers Leon le contrat en question. Livide, ce dernier le parcourut sans mot dire.

— Je sais que nous avions conclu un accord, intervint alors April. Mais je suis incapable de m'occuper d'elle. Je pensais vraiment que c'était possible, que j'en aurais envie... Je croyais qu'avec le temps, je développerais un instinct maternel. Mais cela ne s'est pas produit. La pension que tu me verses me permettrait d'embaucher des nounous pour s'occuper d'elle, bien sûr. Mais elle mérite mieux que cela. Je ne vois que deux solutions, en fait : soit tu décides d'assumer l'intégralité des droits parentaux, si tu t'en sens capable, soit nous la confions à un couple qui cherche à adopter...

Rose demeura interdite. Jusqu'alors, elle avait pensé qu'April était simplement venue demander de l'argent. Jamais elle n'avait envisagé qu'elle puisse vouloir renoncer à l'enfant. Se tournant vers Leon, elle avisa l'expression résolue qui se peignait sur son visage et comprit qu'il entendait assumer ses responsabilités.

C'était un signe de plus démontrant qu'il était réellement devenu un nouvel homme. L'ancien Leon aurait probablement commencé par protester, arguant qu'April s'était engagée à prendre soin de cet enfant.

Mais Rose avait beaucoup de mal à apprécier à sa juste valeur la noblesse de caractère dont il faisait preuve. Tout ce qu'elle pensait, à ce stade, c'était que ce bébé aurait dû être le leur et non celui de cette femme.

Pour la première fois depuis qu'ils s'étaient mariés, ils avaient développé un véritable rapport de couple. Et elle s'était laissée aller à croire qu'ils avaient vraiment une chance d'être heureux ensemble.

Or l'arrivée d'Isabella changeait tout. Comment Rose pourrait-elle vivre avec ce rappel continuel de l'infidélité de Leon ?

Ce n'était pas la faute de l'enfant, bien sûr. Elle était même la seule véritable innocente, dans cette pièce : Rose avait choisi d'épouser Leon tout en sachant qu'il ne l'aimait pas, Leon l'avait trompée avec April et cette dernière avait couché en toute connaissance de cause avec un homme marié.

— Vous n'êtes pas obligé de prendre votre décision immédiatement, intervint alors l'avocat. Prenez le temps d'y réfléchir.

— C'est tout réfléchi, répondit Leon. Cette enfant est la mienne. Il n'est pas question que je l'abandonne.

Rose se sentit blessée qu'il ne lui ait même pas demandé son avis. Évidemment, elle comprenait sa décision : Isabella était sa fille. Mais elle aurait aimé qu'il l'associe à cette décision plutôt que de la prendre de façon aussi unilatérale. Ne comprenait-il pas qu'elle aussi était directement concernée ?

— Vous êtes vraiment sûr de vous ? s'enquit gravement Me Lowden.

— Certain, acquiesça Leon.

L'avocat hocha la tête d'un air approbateur et se pencha pour tirer de sa mallette une chemise dont il tira plusieurs contrats.

— Cette nouvelle version stipule qu'April renonce à ses droits parentaux, expliqua-t-il. Bien sûr, étant donné qu'elle n'aura pas à élever Isabella, vous serez désormais dispensé du versement de la pension.

Leon hocha la tête. S'emparant de la copie que Me Lowden lui tendait, il la parcourut attentivement avant d'apposer sa signature au bas du document. April fit de même.

— Ce n'est vraiment pas le jour le plus glorieux de ma vie, murmura-t-elle.

— Tu fais ce que tu penses être le mieux pour Isabella, objecta Leon d'une voix conciliante.

Elle lui jeta un coup d'œil étonné.

— Je n'aurais jamais imaginé que tu verrais les choses de cette façon, avoua-t-elle. En fait, j'étais persuadée que tu opterais pour une adoption.

Elle pencha légèrement la tête de côté en tapotant distraitement son stylo contre ses lèvres généreuses.

— Tu as changé, déclara-t-elle.

— J'ai arrêté de boire, répondit Leon.

— C'est peut-être ça, acquiesça-t-elle pensivement.

Elle se tourna alors vers Rose et l'observa attentivement, se demandant peut-être si elle était responsable de la transformation de son mari.

Rose ne put s'empêcher de se demander ce que Leon avait bien pu lui dire à son sujet. Elle se sentait terriblement quelconque, comparée à cette femme qui avait un visage d'ange et un physique de mannequin.

— Je suis vraiment désolée, lui dit alors April.

— Il n'y a pas de quoi, lança Rose un peu sèchement. Ce n'est pas vous qui avez trahi vos vœux de mariage.

Leon pâlit soudain mais se garda de faire le moindre commentaire.

— Je ne voulais pas vous mêler à tout cela, expliqua April. Mais je ne pouvais pas confier Isabella à une agence d'adoption sans en parler à Leon.

— Je comprends, acquiesça Rose. Vous avez bien fait de venir.

Elle n'était pas tout à fait certaine de le penser. Il aurait été bien plus simple de tout ignorer et de continuer à filer le parfait amour avec son nouvel époux.

— Merci, murmura April avant de tourner un regard interrogatif vers son avocat.

Ce dernier hocha la tête et se leva.

— Nous allons vous laisser, déclara-t-il. Je vous souhaite bonne chance.

Rose jeta un coup d'œil en direction de Leon et songea qu'il en aurait bien besoin. Il paraissait complètement perdu en cet instant. April et son avocat quittèrent la pièce, les laissant seuls avec Isabella.

— Nous ne sommes pas du tout équipés pour nous occuper d'un bébé, murmura-t-il enfin.

— C’est tout ce que tu as à me dire ? s’exclama-t-elle.

— Que veux-tu que je te dise ? Je n’ai aucun souvenir de cette femme ou de cette enfant.

— Elle pourrait tout aussi bien ne pas être de toi.

— Tu as bien vu le contrat que j’ai signé avec April lorsque je lui ai confié la garde de cette enfant… D’ailleurs, quel intérêt aurait-elle à me confier ce bébé s’il n’était pas de moi ? Cela lui a fait perdre une pension alimentaire rondelette…

— Je n’arrive pas à me croire que tu ne m’en aies pas parlé !

— J’avais peut-être peur de te blesser, suggéra Leon. Ou bien, j’avais trop honte de ce que j’avais fait. Comment savoir ? Quoi qu’il en soit, je ne parviens pas à croire que j’aie pu abandonner mon propre enfant. Quel genre d’homme ferait une chose pareille ?

— Toi, apparemment, ne put-elle s’empêcher de répéter.

C’était cruel, mais la scène qui venait de se dérouler sous ses yeux avait dépassé son seuil de tolérance pourtant très élevé.

— Je commence à croire que moi non plus, je ne te connais pas, ajouta-t-elle.

Puis, craignant que la colère et le chagrin qu’elle éprouvait ne l’amènent à se montrer franchement injurieuse, elle se leva et quitta la pièce, le laissant seul avec sa fille.

Leon contempla longuement Isabella qui dormait paisiblement dans sa nacelle, parfaitement inconsciente du tournant que venait de prendre sa jeune existence.

Il était frappé par l'atroce ironie de la situation. Depuis qu'il s'était réveillé à l'hôpital, il espérait recouvrer ses souvenirs. Mais chaque fois qu'il découvrait un détail concernant son passé, le dégoût qu'il avait de lui-même s'accroissait encore un peu.

Non seulement il avait délaissé Rose pendant deux ans mais, de plus, il était sorti avec d'autres femmes. Et lorsque l'une d'elles était tombée enceinte, au lieu d'assumer ses responsabilités, il l'avait payée pour qu'elle reste à l'écart avec sa fille.

Comment avait-il pu se montrer aussi insensible, aussi égoïste ? N'avait-il donc aucune morale ?

Leon passa ses paumes sur son visage, s'efforçant de chasser le mal de tête qui lui vrillait les tempes. Qu'était-on donc censé faire lorsque l'on découvrait que l'on était un monstre ?

Car c'était bien ce qu'il avait été : un monstre incapable d'éprouver le moindre sentiment...

S'agenouillant auprès de la nacelle, il contempla Isabella, s'émerveillant de l'impression de pureté et d'innocence qui émanait de ce petit être.

— Je suis désolé, murmura-t-il. Je suis désolé de t'avoir abandonnée. Mais je te promets que je ne suis plus le même homme, aujourd'hui. Je ne te laisserai pas tomber. Je ne sais pas si je serai un père à la hauteur pour toi mais je te jure que je ferai tout ce que je pourrai.

Leon demeura longuement agenouillé devant sa fille, perdu dans ses pensées. Au bout d'un moment, il la vit remuer doucement dans son sommeil. Elle ouvrit brusquement les yeux et il constata avec étonnement qu'ils étaient d'un bleu limpide, tranchant avec ses cheveux très noirs.

Elle l'observa avec une sorte d'effroi puis, brusquement, se mit à pleurer. Voyant de grosses larmes couler le long de ses joues potelées, il sentit son cœur se serrer. Se redressant, il s'empara de la nacelle.

Il aurait sans doute été plus simple de prendre Isabella dans ses bras mais il n'était pas sûr d'avoir jamais porté un bébé et ne tenait pas à la laisser tomber alors qu'il venait tout juste d'en accepter la responsabilité.

Isabella continuait à pleurer et Leon n'avait aucune idée de ce qu'il était censé faire dans ce cas. Il décida donc de solliciter l'aide de quelqu'un de plus compétent que lui en la matière.

— Rose ! appela-t-il en sortant du bureau, la nacelle à la main. Rose, j'ai besoin de toi !

Il la vit émerger de la bibliothèque et constata avec un pincement au cœur qu'elle avait les yeux rougis.

— Que se passe-t-il ? lui demanda-t-elle.

— Le bébé pleure...

— J'entends bien.

— Je ne sais pas du tout ce que je dois faire...

Rose ne répondit pas. Sur son visage, il lisait un mélange de colère et d'hésitation.

— Je t'en prie, la supplia-t-il. J'ai vraiment besoin de ton aide.

Isabella continuait de pleurer sans discontinuer et le regard de Rose s'adoucit légèrement.

— Je ne le fais pas pour toi mais pour elle, déclara-t-elle.

Leon hocha tristement la tête. De toute évidence, leur idylle venait de voler en éclats, et tous les progrès qu'il avait faits pour reconquérir son épouse s'étaient trouvés réduits à néant par l'arrivée d'April. Il ne pouvait cependant pas le lui reprocher.

— Pose la nacelle, lui demanda-t-elle.

Il s'exécuta et elle vint détacher le harnais qui retenait le bébé. Elle souleva Isabella et la serra contre elle, la berçant doucement. Cette vision éveilla chez Leon une émotion aussi puissante qu'incontrôlée.

Il y avait dans cette scène quelque chose qui lui paraissait à la fois totalement étranger et étrangement familier. C'était une émotion étrange, qui se doublait d'une terreur glacée qu'il ne s'expliquait pas. Comment une scène aussi anodine pouvait-elle l'effrayer à ce point ?

— Elle doit avoir faim, murmura Rose, les larmes aux yeux.

Leon se maudit intérieurement. Les deux femmes de sa vie étaient en train de pleurer et il demeurait totalement impuissant, n'ayant strictement aucune idée de ce qu'il aurait bien pu faire pour les consoler l'une et l'autre.

Un immense dégoût de soi l'envahit.

— Est-ce que ça va ? demanda-t-il maladroitement.

Alors même qu'il prononçait ces mots, il comprit que c'était une erreur. Le regard de Rose se fit glacial et elle le toisa d'un air méprisant.

— Est-ce que ça va ? répéta-t-elle d'un ton saturé d'ironie mordante. Qu'est-ce que tu en penses ? Mon mari m'a trompée. Il a eu un enfant avec une autre femme. Et maintenant, c'est à moi de m'en charger alors que je n'ai strictement aucune expérience en la matière. Crois-tu vraiment que c'est le genre de vie dont j'ai rêvé ?

Leon se garda prudemment de répondre à cette

question. Qu'aurait-il bien pu lui dire, d'ailleurs ? Lui-même était incapable de justifier ses propres actes.

— Je vais demander à Diane d'aller acheter un biberon et du lait en poudre, déclara-t-il. Lui faudra-t-il autre chose ?

— Des couches, répondit Rose. Quelques vêtements de rechange. À terme, il lui faudra aussi un lit à barreaux, une table à langer, un doudou...

La voix de Rose se brisa tandis que de nouvelles larmes perlaient au coin de ses yeux. Elle secoua doucement la tête.

— Je ne peux pas, dit-elle. C'est plus fort que moi...

S'approchant de Leon, elle lui tendit le bébé, qu'il serra maladroitement contre lui. Dans ses yeux, il lut une immense souffrance.

— Je ne peux pas, répéta-t-elle.

Sur ce, elle tourna les talons et s'enfuit en courant en direction de l'escalier, laissant de nouveau Leon seul avec Isabella. Au moins, il avait désormais une petite idée de ce dont sa fille pourrait avoir besoin au cours des jours à venir...

7

Rose était étendue sur son lit, le visage pressé contre son oreiller. Elle avait tant pleuré que ses yeux, son nez et sa gorge lui faisaient mal. Mais ses larmes n'avaient pas suffi à la débarrasser de l'impression d'accablement qui pesait sur elle.

Jamais au cours de son existence elle ne s'était sentie aussi malheureuse. Ce n'était pas uniquement parce que Leon l'avait trompée avec April. Non, ce qui lui faisait le plus mal, c'était de ne pas être la mère de cette enfant.

Simultanément, elle s'en voulait terriblement de se montrer aussi faible. Si elle avait eu un tant soit peu d'amour-propre, elle aurait rompu avec Leon. Elle lui aurait annoncé qu'elle comptait divorcer au plus vite et qu'elle ne comptait pas passer une minute de plus dans cette maison.

Mais au lieu de cela, elle se morfondait dans sa chambre comme une adolescente piquée au vif...

Comme elle se faisait cette réflexion, la porte s'en ouvrit doucement, laissant apparaître la silhouette de Leon.

— Qu'est-ce que tu veux ? lui demanda-t-elle d'un ton peu amène.

— Est-ce que tu es toujours en colère contre moi ?

— À ton avis ?

— Pour combien de temps encore ?

— Indéfiniment, répliqua-t-elle durement.

Il soupira.

— Je comprends, lui dit-il. J'aimerais pouvoir changer ce qui s'est passé mais c'est impossible.

— Moi, je ne comprends pas comment tu as pu faire une chose pareille, déclara-t-elle.

— Moi non plus, avoua-t-il. Je n'ai aucun souvenir de ce qui s'est passé. J'ignore ce qui a bien pu me conduire à agir de façon aussi haïssable. Je ne sais pas pourquoi je t'ai repoussée alors que tu avais envie de moi. Je ne sais pas pourquoi je suis allé trouver d'autres femmes. Ni pourquoi j'ai failli sombrer dans l'alcoolisme. Je ne comprends pas comment j'ai pu abandonner ma propre fille... Mais je t'assure que c'est une sensation horrible : chaque fois que je crois toucher le fond, je m'aperçois que j'ai commis une faute encore plus impardonnable que les précédentes. Et je sais que le fait d'être amnésique ne m'innocente pas pour autant. C'est moi et personne d'autre qui me suis conduit de cette façon...

Percevant le désarroi qui filtrait dans sa voix, Rose s'endurcit contre la compassion qui montait en elle. Elle ne pouvait se permettre de baisser la garde une fois de plus. Mieux valait cultiver la colère que lui inspirait la trahison de Leon.

— Peut-être, répondit-elle. Mais, parce que tu es amnésique, je ne peux même pas t'accabler de reproches. Après tout, ce matin encore, tu ne savais même pas que tu avais une fille... C'est moi qui ai commis une erreur. Parce que je savais quel genre d'homme tu étais.

Elle se redressa et s'assit au bord de son lit.

— Si tu es un homme d'affaires aussi exceptionnel, c'est peut-être parce que tu as toujours été incapable d'éprouver la moindre émotion. Tu n'aimes personne d'autre que toi-même, Leon. Tu te sers des gens et puis tu les abandonnes lorsqu'ils ont perdu leur intérêt à tes yeux. Ou lorsqu'ils deviennent un peu trop pressants…

Leon la contemplait en silence. Son visage était livide, son regard hanté. Elle comprit qu'il se débattait avec ses démons intérieurs.

— Je n'ai aucune excuse, dit-il enfin. J'ai eu tort sur toute la ligne. Et aucune raison ne pourra jamais justifier mon attitude passée. C'était impardonnable. Je suis désolé de t'avoir fait du mal. Je suis désolé d'en avoir fait à April. Et je suis désolé d'avoir fait souffrir Isabella…

— Malheureusement, cela ne change rien, dit-elle en soupirant. Tes excuses ne me rendront pas les deux années que j'ai perdues à t'attendre. Elles ne répareront pas mon cœur brisé. Elles ne justifieront jamais le fait que j'ai passé quinze ans à aimer un homme qui ne le méritait pas.

Leon tiqua.

— Tu as probablement raison, concéda-t-il. Je me suis montré indigne de ton amour.

— Et de l'affection de mon père, renchérit-elle avec une pointe de cruauté qu'elle ne se connaissait pas. Mais c'est en partie de notre faute. Nous nous sommes montrés beaucoup trop faibles envers toi. Tu as toujours fait ce que tu voulais sans te soucier de qui que ce soit.

— C'est possible, murmura Leon.

— Je ne te le pardonnerai jamais ! s'exclama Rose,

se laissant déborder par la fureur qui bouillonnait en elle. Comment as-tu pu me traiter de cette façon ? Pendant des années, je n'ai rêvé que de pouvoir te rendre heureuse. Je me suis mariée avec toi alors que je savais pertinemment que tu ne m'aimais pas, simplement parce que j'espérais en secret pouvoir te conquérir. Et lorsque tu as commencé à voir d'autres femmes, j'étais malheureuse comme une pierre. Mais je me répétais que tu finirais bien par te lasser de toutes ces aventures sans lendemain, qu'un jour, tu reviendrais vers moi...

— C'est ce qui s'est passé, remarqua Leon d'une voix très douce.

— Il a fallu pour cela que tu aies un accident ! s'emporta-t-elle. Que tu perdes la mémoire ! Et quel est le résultat ? Au bout de quelques jours, l'une de tes anciennes maîtresses resurgit et dépose un bébé sur le pas de ta porte...

Incapable de résister plus longtemps à la détresse qui l'accablait, Rose fondit en larmes.

Leon se faisait l'impression d'être un monstre. Il hésita un instant, ne sachant s'il devait tenter de consoler Rose ou si elle le repousserait. En fin de compte, il alla s'asseoir sur le lit auprès d'elle et passa un bras autour de ses épaules.

Il la sentit se raidir un instant mais, au lieu de s'écarter, elle se jeta dans ses bras et sanglota contre son épaule. Il la soutint, la berçant doucement en attendant que son chagrin reflue.

Il se prit alors à songer qu'il n'avait réchappé à la mort que pour racheter les fautes de son moi passé qui avait mené une vie si dissolue. Il traverserait ce purgatoire sans faiblir et tenterait de se rédimer, quoi qu'il lui en coûtât.

— Je suis désolé, Rosie, murmura-t-il d'une voix très douce.

Le plus triste, c'était qu'il ne savait même pas s'il connaissait désormais toutes les raisons qu'elle pouvait avoir de le haïr ou s'il demeurait encore d'autres secrets inavouables qui resurgiraient tôt ou tard.

Il ne comprenait notamment toujours pas pourquoi la vue d'Isabella le mettait aussi mal à l'aise, pourquoi il se sentait si terrifié à l'idée de la prendre dans ses bras.

— Ce n'est pas ce que j'espérais, murmura enfin Rose d'une voix brisée. Je ne voulais pas élever l'enfant d'une autre femme. Je voulais que nous en ayons un ensemble...

— Je sais. Mais je ne peux pas la laisser tomber une fois de plus.

— Je comprends. Et je ne te le reproche pas. Isabella n'est qu'une enfant. Elle n'est pas responsable des erreurs qu'ont commises ses parents. Et elle a besoin de toi...

Rose poussa un soupir à fendre l'âme.

— Je savais depuis très longtemps que tu couchais avec d'autres femmes, reprit-elle. C'est un secret de Polichinelle : le monde entier sait que tu me trompes avec des femmes plus séduisantes que je ne le serai jamais. Il suffit de lire n'importe quel magazine people pour te voir en compagnie de ta dernière conquête en date. Mais là, c'est différent. Si Isabella vient vivre ici, je ne pourrai pas faire mine de l'ignorer.

— C'est vrai. Et c'est de cela que je suis venu te parler, en fait.

Elle tourna vers lui un regard interrogatif et il prit une profonde inspiration.

— Je tiens énormément à toi, lui dit-il gravement. Et je suis désolé de t'avoir fait tant de mal par le passé. J'aimerais pouvoir me racheter, si tant est que cela soit possible. Mais je dois aussi penser à Isabella. Si tu lui en veux, il vaut peut-être mieux que j'aille m'installer ailleurs...

— Tu ne t'attends tout de même pas à ce que je la traite comme ma propre fille !

— Non, bien sûr. Je ne te demanderai jamais cela. Par contre, je ne voudrais pas que tu lui fasses payer mes erreurs.

— Je ne ferais jamais une chose pareille ! protesta vivement Rose. Comment peux-tu penser cela de moi ?

— Je ne dis pas que tu le ferais volontairement, tempéra Leon. Mais j'ai déjà renoncé à Isabella avant même qu'elle ne soit née. Puis sa mère a failli l'abandonner... Désormais, je ne veux plus lui donner la moindre raison de douter de l'amour des gens qui l'entourent.

— Je comprends, acquiesça gravement Rose.

— Je ne peux pas t'obliger à demeurer auprès de nous. Étant donné ce qui s'est passé aujourd'hui, je comprendrais très bien que tu préfères prendre tes distances.

Rose le regarda droit dans les yeux.

— Te rends-tu seulement compte de ce que tu me demandes ?

— Oui, répondit-il. Et j'espère qu'un jour j'aurai l'occasion de te prouver que tu as bien fait d'accepter...

Au cours des jours qui suivirent, Rose et Leon parvinrent à retrouver un semblant d'équilibre. Ils embauchèrent une nounou qui venait chaque jour à Tanner House pour les aider à s'occuper d'Isabella.

Elle enseigna aussi à Leon les rudiments de sa nouvelle fonction de parent : comment préparer son biberon, le lui faire boire, la porter, la bercer ou la changer...

Contre toute attente, cet apprentissage fut moins fastidieux qu'il ne l'avait imaginé. Rose, quant à elle, s'était adaptée avec une facilité déconcertante à cette nouvelle situation. En voyant le naturel avec lequel elle se comportait vis-à-vis de sa fille, on aurait pu croire qu'elle en était la mère.

Lorsque Leon les voyait ensemble, il éprouvait un sentiment curieux qui mêlait tendresse et angoisse sourde. Ne parvenant pas à se l'expliquer, il avait tenté par tous les moyens de raviver sa mémoire. En vain.

Ses souvenirs se dérobaient obstinément et il commençait à penser qu'il ne les recouvrerait jamais. C'était assez ironique d'ailleurs. Avant son accident, il cherchait à fuir ses problèmes en buvant, en faisant la fête ou en multipliant les conquêtes féminines. Aujourd'hui, il les avait oubliés mais n'était pas beaucoup plus heureux.

Rose se refusait désormais à lui. Elle ne lui adressait la parole que lorsque c'était strictement nécessaire et n'abordait que des sujets pratiques ayant trait majoritairement à Isabella.

Lorsqu'il croisait son regard, il y lisait généralement de la colère et de la souffrance, parfois même du dédain. Apparemment, il était parvenu à détruire l'amour qu'elle éprouvait autrefois envers lui.

Rétrospectivement, il se rendait bien compte que tous deux s'étaient menti. Ils avaient fait mine de se convaincre qu'ils prenaient un nouveau départ mais cela n'avait été en définitive qu'une illusion.

L'amnésie ne pouvait tenir lieu d'absolution. Et tant qu'il ignorerait quels secrets recelait sa propre vie, il ne pourrait tirer un trait sur la période précédant son accident. À tout moment, il courrait le risque de croiser un fantôme surgi du passé...

Leon s'éveilla en sursaut et jeta un coup d'œil autour de lui, cherchant ce qui avait pu le tirer de son profond sommeil. Il avisa alors le babyphone qui était posé sur sa table de nuit. Isabella était en train de crier à gorge déployée.

C'était la première fois qu'une telle chose se produisait. Jusqu'à présent, sa fille avait toujours fait ses nuits, ne se réveillant jamais avant 8 heures. S'il fallait en croire le manuel qu'il était en train de lire, la plupart des enfants de cet âge se réveillaient une ou plusieurs fois par nuit.

Prenant tout juste le temps d'enfiler un caleçon, Leon sortit de sa chambre et s'engagea dans le couloir qui menait à celle d'Isabella. Les cris du bébé lui parvenaient à présent directement et ils éveillèrent en lui une étrange impression de déjà-vu.

Il se figea, le cœur battant à tout rompre, le corps parcouru de tressaillements, tandis qu'une image s'imposait à lui. C'était celle d'une autre maison — bien plus petite que Tanner House... Un autre couloir dont la peinture murale s'écaillait...

L'endroit lui paraissait étrangement familier et il comprit brusquement qu'il devait s'agir d'un souvenir. Le seul souvenir qui lui soit revenu, en dehors des yeux de Rose. La vision était nébuleuse et il avait beaucoup de mal à se concentrer dessus.

Plus il essayait, en fait, et plus elle semblait se dérober. Il prit une profonde inspiration, s'efforçant de maîtriser les battements précipités de son cœur.

La première question qui le traversa fut de savoir si la terreur qu'il éprouvait tenait à ce souvenir précis ou juste au fait de se rappeler quelque chose. Était-il toujours aussi effrayant de voir resurgir des bribes de son passé ? Ou bien s'était-il passé quelque chose d'horrible dans ce mystérieux couloir ?

Incapable de répondre à cette interrogation, Leon se remit en marche et ne tarda pas à atteindre la chambre d'Isabella. Par la porte entrouverte, il pouvait voir le berceau de sa fille éclairé par la veilleuse.

Un nouveau frisson le parcourut tandis qu'une autre image se formait dans son esprit. Il s'agissait d'un berceau de forme différente, plus petit et moins beau que celui qu'il venait d'acheter.

Il s'aperçut alors qu'Isabella avait cessé de pleurer. Loin de le rassurer, ce constat ne fit qu'attiser la terreur glacée qui l'emplissait. Son corps tout entier était recouvert d'une fine pellicule de sueur glacée. Ses muscles étaient contractés, comme tétanisés par la peur.

Une fois de plus, il était rivé sur place, incapable de faire un pas en avant, inexplicablement terrifié à l'idée de regarder dans le berceau. Leon s'efforça de lutter contre cet accès de panique mais il avait à présent du mal à respirer et un voile rouge passait devant ses yeux.

— Que se passe-t-il ?

La voix de Rose opéra sur lui comme un charme, l'arrachant soudain à sa transe. Il se tourna vers la jeune femme, qui venait tout juste de pénétrer dans la pièce.

— Leon ? lui demanda-t-elle.

— Isabella pleurait, dit-il, toujours sous le choc de ce qui venait de lui arriver. Mais elle s'est arrêtée.

— Et toi, est-ce que ça va ? s'inquiéta-t-elle. Tu es pâle comme un linge.

— Je viens de me rappeler quelque chose...

Il se tut en voyant Rose approcher du berceau. Un vestige d'angoisse s'accrochait toujours à son esprit. Mais lorsqu'elle se pencha pour récupérer Isabella, il constata que celle-ci allait bien.

Son soulagement fut cependant de courte durée. Car d'autres bribes de souvenirs remontaient de nouveau à la surface de sa conscience...

8

Michael... Il ne s'était pas réveillé pour son biberon de la nuit comme il le faisait d'habitude... C'était le silence qui avait réveillé Leon, ce jour-là... Amanda dormait toujours à ses côtés...

Par acquit de conscience, il avait décidé d'aller jeter un coup d'œil à la chambre de son fils. Pas un bruit ne venait troubler la tranquillité de cette nuit... Michael était étendu dans son berceau de bois, paisible, immobile...

C'était cette immobilité qui avait éveillé la méfiance de Leon. Il s'était approché et avait posé doucement sa main sur la poitrine de l'enfant. Elle ne bougeait plus. Sa peau avait déjà commencé à se refroidir...

Un haut-le-cœur le saisit tandis que la pièce se mettait à tourner autour de lui. Il comprenait à présent pourquoi il s'était senti si angoissé en voyant Isabella. Il comprenait aussi ce qu'il avait cherché à noyer à force d'alcool et de fêtes.

Le vide qui s'était creusé en lui depuis l'accident avait disparu, laissant place à un souvenir si atroce qu'il regretta presque de l'avoir tant cherché. Mais

Michael faisait partie de lui. Et ce qui lui était arrivé avait contribué à forger l'homme qu'il était aujourd'hui, pour le meilleur et pour le pire…

Incapable de supporter le poids du chagrin, Leon tomba brusquement à genoux. La souffrance qu'il éprouvait en cet instant était probablement aussi grande que celle qu'il avait ressentie ce jour-là. Car il avait revécu la mort de Michael comme si c'était la première fois.

— Leon ? Que se passe-t-il ? s'enquit Rose d'une voix inquiète.

Elle prit le temps de replacer précautionneusement Isabella dans son berceau avant de s'approcher de lui. Elle s'agenouilla à ses côtés et posa une main sur son épaule.

— Leon ! s'exclama-t-elle en le secouant doucement. Leon, parle-moi.

Mais il en était incapable. Dans son esprit, son seul souvenir repassait en boucle. Pourquoi avait-il fallu que ce soit précisément celui-là ? C'était sans doute le moment le plus douloureux de son existence.

— Leon, tu commences à me faire peur, lui dit Rose. Je vais appeler les urgences…

— Non, dit-il au prix d'un effort surhumain.

— Vas-tu me dire ce qui se passe ?

— Michael…, murmura-t-il.

— Pardon ?

— J'ai eu un fils, reprit-il. Il s'appelait Michael.

Alors même qu'il prononçait ces mots, d'autres souvenirs resurgirent : la joie d'Amanda lorsqu'elle avait appris qu'elle était enceinte. Sa propre fierté et son angoisse, aussi. Ils étaient encore si jeunes, tous les deux.

Mais ils pensaient alors naïvement que leur amour leur permettrait de triompher de toutes les épreuves. La vie s'était chargée de leur démontrer qu'elle pouvait être bien plus cruelle qu'ils ne l'avaient imaginé...

— Tu te trompes, lui dit alors Rose. Tu n'as jamais eu d'enfant.

— Si, lui assura-t-il. Je viens tout juste de m'en souvenir. J'ai eu un garçon. Michael.

— Mais..., balbutia Rose, sidérée. Qu'est-il devenu ?

— Il est mort, répondit Leon d'une voix atone.

Rose contempla Leon avec stupeur.

L'espace d'un instant, elle se demanda s'il n'était pas en train de lui faire une blague de très mauvais goût. Mais cela n'avait aucun sens, bien sûr. Et Leon paraissait être réellement en état de choc.

— Ce n'est pas possible, bredouilla-t-elle. Tu dois confondre avec quelqu'un d'autre...

— Tu n'es donc pas au courant ? lui demanda Leon.

— Non, bien sûr que non... Tu ne m'as jamais parlé de cet enfant.

Se pouvait-il qu'il dise la vérité ? Après tout, il lui avait caché l'existence d'Isabella. Pourquoi n'aurait-il pas fait de même avec ce Michael ?

— Quand est-ce arrivé ? ne put-elle s'empêcher de lui demander.

Sentant peut-être la colère qui perçait dans sa voix, il secoua la tête.

— Nous n'étions pas encore mariés, lui dit-il. En fait, d'après ce que tu m'as dit, nous ne nous connaissions même pas encore... Mais il faut que je t'en parle, Rose. Au cas où j'oublierais de nouveau.

— Tu n'oublieras pas, lui assura-t-elle.

— Je l'ai déjà fait une fois. Et j'ignore si qui que ce soit d'autre se souvient de cet enfant, aujourd'hui...

— Parle-moi de lui, l'encouragea-t-elle.

Elle était toujours en colère contre lui. Mais il paraissait soudain si désemparé qu'elle n'avait pas le cœur à le repousser.

— Je venais tout juste d'arriver aux États-Unis, lorsque j'ai rencontré Amanda, commença-t-il. Nous n'avions que seize ans, tous les deux, et nous étions dans le même lycée. Ses parents voyaient d'un très mauvais œil le fait qu'elle sorte avec un jeune immigré qui vivait seul, sans la supervision de personne...

— Cela peut se comprendre, acquiesça Rose tandis que Leon se redressait péniblement.

— C'est vrai, soupira-t-il. Ils avaient raison de s'inquiéter, d'ailleurs, parce qu'Amanda s'est retrouvée enceinte. Nous étions bien trop jeunes pour avoir un enfant. Mais nous étions très amoureux et nous nous sommes persuadés l'un l'autre que tout se passerait bien. Nous avons dû nous battre contre tout le monde pour avoir ce bébé. Mais il est né et nous l'avons appelé Michael. Je voulais qu'il ait un nom américain parce que je savais déjà que c'était ici que je vivrais...

— Est-ce que les parents d'Amanda vous ont aidés, en fin de compte ?

Il fronça les sourcils et secoua la tête.

— Je ne me rappelle plus, répondit-il. Il y a encore des tas de blancs...

— Mais tu te souviens de ce qui est arrivé à Michael ?

— Oui.

— Raconte-moi.

Elle n'avait pas particulièrement envie d'entendre cette histoire dont elle connaissait déjà la fin tragique mais elle sentait que Leon avait besoin de se confier. De plus, son instinct lui soufflait que ces événements lui permettraient probablement de comprendre un certain nombre de ses traits de caractère et de ses choix de vie…

A posteriori, elle comprit qu'elle ne l'avait jamais réellement connu. Elle n'avait entrevu que la partie visible de l'iceberg et avait laissé son imagination compléter le tableau. L'homme dont elle était tombée amoureuse n'existait pas. C'était une chimère qu'elle avait elle-même bâtie.

Pas une seule fois, elle n'avait imaginé qu'il ait pu traverser de telles épreuves. Et elle avait un peu honte, après coup, de l'avoir réduit au statut de joli garçon lisse et sans relief, en objet de fantasme d'une adolescente inexpérimentée.

Que connaissait-elle des réalités de la vie ? Que savait-elle de la souffrance, la véritable souffrance qui vous tombait dessus comme une fatalité ? Leon avait perdu son fils, la chair de sa chair. Par comparaison, Rose n'avait connu que des frustrations de midinette — frustrations qu'elle s'était d'ailleurs imposées pour la plupart.

— Je me rappelle, à présent, lui dit-il d'une voix étranglée. Ses parents ont dit à Amanda que si elle s'entêtait à vouloir ce bébé, ils couperaient les ponts avec elle. Elle était bouleversée, bien sûr. Mais je lui ai assuré que je prendrai soin d'elle, que je pourvoirai aux besoins de notre famille. C'est pour cela que j'ai quitté le lycée et que je ne suis pas allé à l'université. J'ai commencé à travailler pour Tanner Investments... J'étais au département courrier. Mais je m'intéressais à la vie de l'entreprise et j'ai fait un certain nombre de suggestions pour réorganiser le service. Ton père l'a appris et c'est à ce moment-là qu'il a commencé à s'intéresser à moi...

— Que faisait Amanda, pendant ce temps ?

— Après son congé maternité, elle a poursuivi ses études. Nous pensions qu'elle pourrait ensuite décrocher un emploi qualifié, le temps que je retourne me former. Cela aurait peut-être fonctionné si Michael n'avait pas été frappé par la mort subite du nourrisson...

— Mon Dieu..., murmura Rose, horrifiée.

— Je n'étais pas du tout prêt à cela, reprit Leon d'une voix douloureuse. Personne ne l'est, bien sûr. Mais dans mon cas, c'était bien pire. J'avais toujours cru que vouloir c'était pouvoir. C'est la raison pour laquelle j'ai quitté la Grèce si jeune. C'est aussi pour cela que je n'ai pas hésité à quitter le lycée pour prendre un travail. Je croyais vraiment que je serais capable de m'occuper d'Amanda, de subvenir à nos besoins, de faire en sorte que mon fils ne manque de rien. Je n'avais aucun doute à ce sujet... Mais lorsque je suis entré dans sa chambre, cette nuit-là, il était déjà mort. Je ne pouvais plus rien faire. Il était trop tard...

La voix de Leon se brisa et Rose sentit son cœur se serrer dans sa poitrine.

— J'ai compris brusquement que, dans la vie, on ne maîtrisait pas tout. Cette fois-ci, je ne pouvais pas négocier. En l'espace de quelques instants, j'ai pris conscience du fait que nous étions tous condamnés. Que nous pouvions disparaître à n'importe quel moment, sur un simple caprice du destin.

Un sourire amer se dessina sur ses lèvres.

— Jusqu'alors, j'avais eu la faiblesse de croire que j'étais immortel, que ma jeunesse me protégeait. Après tout, j'avais traversé l'Atlantique pour me forger une nouvelle vie. À dix-sept ans, j'avais trouvé un travail et j'étais capable de nourrir ma famille. Mais je n'ai pas su sauver mon fils… Il m'a fallu longtemps pour encaisser le coup. Évidemment, je n'ai pas été capable d'épauler Amanda qui souffrait tout autant que moi. Je me suis lancé à corps perdu dans le travail. C'était une façon pour moi de fuir la réalité. Cela me donnait aussi l'illusion que je contrôlais quelque chose…

— Et Amanda ? Comment a-t-elle réagi ?

— Sainement, j'imagine, répondit Leon d'un ton résigné. Un soir, je suis rentré et elle était partie. Je n'ai pas cherché à la recontacter. Je n'avais plus rien à lui offrir. Je ne croyais plus en nous. Je ne croyais plus au couple. Je ne croyais plus en rien. Tout ce que je voulais, c'était éviter de m'engager. Sans amour, je ne courais pas le risque de m'attacher à quelqu'un qui était susceptible de disparaître à tout moment…

— C'est absurde ! ne put s'empêcher de protester Rose. Bien sûr, nous sommes tous condamnés à mort par le simple fait de naître. Nous pouvons disparaître à tout moment, de maladie ou renversés par une voiture… Mais c'est justement une raison pour aller vers les autres, pour nous engager, pour vivre aussi pleinement que nous le pouvons…

Un sourire plein de tristesse se dessina sur les lèvres de Leon.

— Est-ce vraiment ce que tu as fait, Rose ?

Elle demeura quelques instants figée, ne sachant que répondre à cela.

— Non, répondit-elle enfin. Au contraire, même, j'ai passé le plus clair de mon temps enfermée dans cette maison, coupée de la réalité. Je me suis occupée de mon père. Lorsque je suis partie pour l'université, je n'en ai pas profité. J'étais une étudiante modèle mais je ne sortais quasiment jamais. Et puis, je me suis mariée, en partie pour rassurer mon père et en partie pour réaliser un rêve de gamine…

Elle se fendit d'un triste soupir.

— La vérité, reprit-elle, c'est que je me suis montrée terriblement égoïste. Je t'ai dit que j'ignorais quasiment tout de toi. Mais ce n'est pas entièrement de ta faute. J'aurais dû être plus à l'écoute, me montrer plus insistante. J'aurais dû comprendre que tu cherchais à fuir quelque chose…

Cela n'excusait pas complètement son attitude, bien sûr. Et elle n'était pas sûre d'être prête à lui pardonner le mal qu'il lui avait fait. Mais elle savait à présent que la débauche et l'autodestruction n'avaient pas été pour lui un choix mais une façon de conjurer la souffrance et le deuil.

— Malheureusement, lui dit Leon, ce quelque chose m'a rattrapé. Lorsque je suis entré dans la chambre d'Isabella, j'ai eu ce flash-back, et j'ai bien cru…

Sa voix se brisa et il tourna vers le berceau un regard hanté.

— Elle va bien, lui assura Rose. Elle s'est rendormie.

Elle comprenait mieux à présent pourquoi il avait renoncé aussi facilement à ses droits parentaux, pourquoi il avait préféré qu'April s'occupe seule de cette enfant.

— Il n'y a aucune raison de penser qu'il lui arrivera quoi que ce soit, murmura-t-elle.

— C'est exactement ce que je me disais au sujet de Michael, objecta-t-il. Je n'aurais jamais imaginé qu'il puisse disparaître de cette façon. Mais c'est ce qui s'est produit. La plupart des gens ne se rendent pas compte de ce qu'aimer signifie vraiment. Ils ne pensent qu'aux bons côtés de la chose, pas à la perte qui se produit nécessairement, pas à la souffrance qu'ils éprouveront alors. Après la mort de Michael, j'ai décidé que s'engager dans une telle relation était beaucoup trop dangereux et qu'il valait mieux éviter toute forme de sentimentalisme...

Un frisson glacé parcourut Rose. Elle comprenait soudain les raisons pour lesquelles il ne s'était jamais intéressé à elle : ils étaient bien trop proches pour courir un tel risque. Et, loin d'arranger les choses, leur mariage n'avait probablement fait que raffermir sa position.

Mais le moment était mal choisi pour s'appesantir sur de telles considérations. Ce qui importait, avant tout, c'était Isabella qui risquait de souffrir à son tour. Or au cours des jours précédents, Rose s'était beaucoup attachée à elle, probablement parce que son instinct maternel la poussait à protéger cette enfant sans défense.

— Mais, que tu le veuilles ou non, Isabella est là, fit-elle remarquer. Elle n'est pas responsable de ce qui est arrivé à Michael ni des décisions que tu as pu prendre alors. Et elle a besoin de toi.

— Je sais.

— Tu m'as dit, il y a quelques jours, que même lorsque tu retrouverais tes souvenirs, tu ne les laisserais pas influencer l'homme que tu es devenu. Crois-tu en être toujours capable ?

— Je ne pensais pas que ces souvenirs seraient aussi violents, objecta Leon d'un air sombre.

— Il va néanmoins falloir que tu tiennes cet engagement, déclara-t-elle. Je ne te laisserai pas abandonner ta fille parce que tu as peur de t'engager.

Leon la considéra avec attention.

— Je n'aurais jamais imaginé te voir prendre son parti avec une telle ardeur.

— C'est un bébé, s'emporta Rose. Si je ne prends pas sa défense, qui le fera ?

— Je n'ai pas changé d'avis à son sujet. Il est hors de question que je la confie à une agence d'adoption comme le suggérait sa mère.

— Ce n'est pas suffisant, protesta Rose. Ta fille a besoin de bien plus que d'un toit, des vêtements et une éducation. Il lui faut de l'amour.

Leon ne répondit pas et elle sentit son cœur se serrer dans sa poitrine.

— Écoute, lui dit-elle d'une voix radoucie, je sais que tu as beaucoup souffert. Mais cela ne te donne pas le droit de condamner Isabella, juste pour pouvoir te protéger.

— Qu'en sais-tu ? protesta-t-il avec une pointe de colère. Tu as toujours vécu à l'abri, dans cette maison. Tu n'as jamais pris le moindre risque. Je sais que tu as perdu tes parents mais moi, c'est mon enfant que j'ai vu mourir. Pas une fois mais deux, à cause de cet accident ! Je dois réfléchir à tout ça. J'ai besoin de temps.

Sur ce, il se détourna et quitta la chambre d'Isabella à grands pas. Elle le suivit tristement des yeux, repensant à tout ce qu'il venait de lui dire. Elle en avait peut-être plus appris sur Leon en l'espace de quelques minutes que durant toute sa vie.

Malheureusement, ce qu'elle avait découvert ne lui laissait que peu d'espoir de parvenir à combler le fossé qui s'était creusé entre eux. En réalité, elle ne s'était jamais sentie aussi résignée. Car elle connaissait désormais les raisons profondes qui conduisaient Leon à garder ses distances.

Peut-être était-il temps pour elle de prendre ses responsabilités et de ressortir les papiers du divorce qu'elle avait mis de côté après l'accident…

Mais, alors même qu'elle se faisait cette réflexion, elle songea à Isabella. Pouvait-elle réellement laisser cette enfant seule avec un père qui n'était pas sûr de pouvoir l'aimer ?

S'approchant du berceau, elle contempla le petit visage angélique et sentit son cœur se gorger de tendresse.

— Nous sommes pareilles, toi et moi, murmura-t-elle. Nos pères ont tous deux perdu quelqu'un qui leur était cher. Et ils se sont réfugiés dans le travail. C'est peut-être cela qui les a rapprochés, au fond…

Rose effleura la joue d'Isabella, qui était aussi douce qu'un pétale de rose.

— J'ai beaucoup aimé ton père, lui dit-elle encore. Malheureusement, lui ne m'a aimée que lorsqu'il n'était plus vraiment lui-même. Je ne veux pas que cela t'arrive aussi, ma chérie…

Une étrange émotion lui étreignit la gorge.

— Je vais rester, murmura-t-elle. Pas pour lui mais

pour toi. Et je te donnerai tout l'amour que lui ne pourra t'offrir. J'essaierai d'être une mère pour toi, de te protéger et de te chérir comme j'aurais voulu que ma propre mère puisse le faire. Leon a raison, tu sais : il est temps pour nous de faire des choix. Et moi, je te choisis toi, Isabella.

9

Lentement, les images de la mort de son fils retrouvaient dans l'esprit de Leon leur statut de souvenir. La souffrance indicible qu'il avait éprouvée se changeait en douleur lancinante mêlée de regrets et de mélancolie. Au bout de deux jours, il parvint à contrôler les réminiscences intempestives qui affleuraient régulièrement en lui.

Fort heureusement, le régime sec que Leon s'était imposé depuis qu'il avait quitté l'hôpital lui avait évité de retomber dans ses dérives passées. Il s'était abstenu de boire la moindre goutte d'alcool. Et il ne s'imaginait pas fuyant sa douleur dans les soirées mondaines.

L'accident l'avait bel et bien transformé. Mais il n'était pas parvenu pour autant à dominer les doutes qui le rongeaient. Il n'y arriverait peut-être pas : la mort de Michael avait pu briser en lui quelque chose qui ne se remettrait jamais complètement...

Au cours des jours qui suivirent, il évita d'ailleurs de se trouver trop souvent confronté à Isabella. Il avait parfaitement conscience de la lâcheté de sa conduite. Mais chaque fois qu'il se trouvait face à elle, il se sentait submergé par l'angoisse.

Si Rose désapprouvait son attitude, elle s'abstint de le lui dire. Était-ce par compassion envers lui ? Ou bien au contraire parce qu'elle avait renoncé à attendre quoi que ce soit de sa part ? Il n'aurait su le dire.

Il savait en revanche qu'il lui devait des excuses pour ce qu'il lui avait dit ce soir-là — et peut-être aussi des remerciements pour la dévotion avec laquelle elle s'occupait de sa fille.

Ravalant sa fierté, il alla donc la trouver dans la bibliothèque, où elle travaillait presque tous les après-midi. Il eut la surprise de constater que le couffin d'Isabella était posé sur une petite table basse, juste à côté d'elle.

Tout en prenant des notes, elle lui chantonnait un petit air qu'il ne reconnut pas. Durant quelques instants, il demeura immobile, fixant cette scène domestique qui le touchait bien plus qu'il n'aurait pu l'imaginer.

Mais Rose dut sentir sa présence car elle se tut et releva soudain les yeux.

— Je suis venu te présenter des excuses, lui dit-il.

— Ne me dis pas que tu as une nouvelle surprise à m'annoncer, répliqua-t-elle. Une femme que tu aurais invitée à passer le week-end avec toi, peut-être ? Une dette de jeu abyssale qui t'aurait forcé à hypothéquer la maison ? Un détournement de fonds ?

— Rien de tout cela, répondit-il, refusant de répondre à ses provocations. Je suis venu m'excuser pour t'avoir fait la leçon au sujet d'Isabella alors que je suis moi-même incapable de faire face à mes responsabilités.

— C'est plutôt à ta fille que tu devrais faire des excuses, objecta-t-elle. Je ne trouve pas anormal que tu aies cherché à la protéger d'une éventuelle rancune de ma part. Tu avais raison : je n'avais pas le droit de lui faire payer les erreurs que son père a commises.

— Touché, lui dit-il.

Rose soupira.

— Je ne cherche pas à marquer des points, tu sais. Tout ce qui m'importe, c'est le bien-être d'Isabella.

Comme si elle avait compris que l'on parlait d'elle, celle-ci se mit à babiller.

— Je crois qu'elle a faim, déclara Rose en jetant un coup d'œil à sa montre.

— Tu veux que je demande à la nounou de lui préparer son biberon ?

— Elle est en congé, aujourd'hui. Est-ce que tu veux bien t'en occuper ?

Leon hésita.

— Tu le faisais, auparavant, lui rappela Rose.

— Justement, c'était avant que la mémoire ne me revienne...

— Est-ce la faute d'Isabella, si tu as recouvré tes souvenirs ? Vas-tu le lui faire payer comme j'aurais pu lui faire payer ma rancœur envers toi ?

Leon se rembrunit. Il ne pouvait nier la pertinence de ses arguments.

— Plus tu attends, et plus elle risque de se mettre à pleurer, lui rappela alors Rose.

Réprimant un juron, Leon quitta la pièce et dévala l'escalier pour se rendre à la cuisine. Là, il prépara un biberon avant de remonter en gravissant les marches deux par deux. Isabella ne pleurait toujours pas lorsqu'il tendit à Rose le biberon.

Isabella goba la tétine avec enthousiasme et commença à la sucer avec appétit.

— Tu devrais la prendre, déclara Rose.

— Je ne préfère pas...

— Écoute, tu peux me tenir à distance autant que tu le voudras. Mais pas ta fille. Elle a besoin de toi et je ferai tout ce qui sera en mon pouvoir pour qu'elle ait un père qui s'occupe d'elle. Je le lui ai promis, l'autre soir, tout comme je lui ai promis qu'elle pourrait compter sur moi. Je t'ai laissé du temps, Leon, mais je me battrai pour elle, si c'est nécessaire.

Il hésitait encore.

— C'est un bébé, pas une bombe à retardement, insista-t-elle.

Il n'en était pas certain du tout. À ses yeux, un enfant pouvait faire autant de dégâts, peut-être même plus encore. Il en savait quelque chose.

— Elle est si vulnérable, murmura-t-il. Si fragile... Et le seul souvenir que j'aie, c'est celui d'avoir perdu mon fils. Comment suis-je censé dépasser ça ?

— Je ne sais pas, avoua Rose. Je ne peux même pas imaginer ce que l'on peut ressentir en perdant un enfant. Ce que je sais, en revanche, c'est qu'Isabella est ici et qu'elle a besoin de son père. Tu ne pouvais rien faire pour sauver Michael. Mais si tu abandonnes ta fille, tu seras le seul responsable.

Leon lui jeta un regard étonné. Jamais encore il ne l'avait entendue s'adresser à lui de façon aussi directe. Et il était prêt à parier que c'était la première fois qu'elle le faisait depuis qu'ils se connaissaient.

De toute évidence, il n'avait pas été le seul à être affecté par les épreuves qu'ils venaient de traverser. Rose avait changé, au cours de ces derniers jours.

— Dois-je te rappeler ce que tu m'as dit, après

l'accident ? lui demanda-t-elle d'un ton accusateur. Que c'était peut-être un mal pour un bien ? Que cela te donnerait peut-être une chance d'évoluer ?

— C'est vrai, concéda-t-il à contrecœur. Je m'incline...

Un sourire illumina le visage de Rose. Il se fit alors la réflexion que c'était le premier qu'elle lui adressait depuis bien longtemps. Cela lui mit un peu de baume au cœur et lui donna le courage de s'avancer en tendant les bras.

Rose y déposa précautionneusement Isabella. Une fois de plus, il fut frappé par l'impression de fragilité qui émanait d'elle. Elle était si petite, si légère. Et pourtant, il se dégageait d'elle une impression de vitalité et de santé qui semblait contredire cette apparente faiblesse.

Incapable de détacher son regard du visage de sa fille, il sentit monter en lui un irrépressible élan de tendresse. Elle était magnifique. Le simple fait qu'elle existe constituait en soi un miracle.

Isabella le fixait avec attention, comme si elle se demandait qui il pouvait bien être.

— Je suis désolé, lui dit-il. Je n'ai pas été beaucoup là, ces derniers temps. Mais je te promets que je vais me rattraper...

Elle se remit à téter goulûment, apparemment satisfaite par cette promesse.

— Vous avez tout le temps pour cela, lui assura-t-elle. Vois Isabella comme une chance de prendre un nouveau départ.

— Ce n'est pas aussi simple, objecta Leon. Nous ne pouvons pas faire comme si rien ne s'était passé et comme si nous venions tout juste de nous rencontrer.

— Peut-être pas nous, reconnut-elle. Mais ta fille et toi avez cette chance.

Alors même qu'elle prononçait ces mots, Leon comprit qu'il n'était pas encore prêt à renoncer à Rose. Bien qu'il ait la conviction de ne pas la mériter, il voulait une seconde chance.

Il était évident qu'elle, au contraire, était prête à jeter l'éponge — qu'elle l'avait peut-être même déjà fait. Au cours de ces derniers jours, il avait pris ses distances. Mais il comprenait à présent que, ce faisant, il n'avait fait qu'élargir le fossé qui les séparait.

S'il voulait vraiment sauver leur couple, il était temps pour lui de prendre ses responsabilités. Il allait devoir prouver qu'il méritait une dernière chance. Il serait un père pour Isabella et un époux pour Rose. Il saurait regagner leur affection à toutes les deux.

Et tant qu'il ne serait pas parvenu à ses fins, il redoublerait d'efforts.

Après avoir couché Isabella, ce soir-là, Leon se mit à la recherche de Rose. Il avait passé ces derniers jours à l'éviter mais s'était dit que s'il voulait la trouver, ce ne serait guère difficile. Il n'avait pas pensé qu'elle aussi cherchait peut-être à l'éviter...

A posteriori, cela lui paraissait assez naïf. Après tout, il n'avait guère donné à la jeune femme de raisons de rechercher sa compagnie. Il s'était montré agressif et blessant envers elle alors même qu'elle s'occupait du bébé qu'il avait eu avec une autre.

Après avoir tenté vainement sa chance dans la bibliothèque, le petit salon, la cuisine et la chambre de la jeune femme, il s'arrêta pour réfléchir. Et soudain, sans même qu'il puisse dire d'où lui venait cette conviction, il sut qu'elle devait se trouver dans la roseraie que sa mère avait plantée.

C'était son endroit préféré et elle y passait de longues heures dès qu'arrivaient les beaux jours. Leon croyait se souvenir de l'avoir vue là un nombre incalculable de fois, le plus souvent un livre à la main.

Un large sourire se dessina sur ses lèvres. Ce nouveau souvenir lui réchauffait le cœur. Il paraissait indiquer qu'il n'avait peut-être pas été aussi inattentif que cela à ce que faisait son épouse. N'était-ce pas là un signe encourageant ?

D'un pas plus léger, il se dirigea vers la roseraie. Là, il eut la satisfaction de constater qu'il ne s'était pas trompé. Rose était bien assise sur le banc de pierre où elle avait l'habitude de venir s'installer. Un livre était posé à ses côtés.

— Je savais que tu serais là ! s'exclama-t-il joyeusement.

Elle le considéra avec un brin d'étonnement.

— Comment ? lui demanda-t-elle.

— Je te cherchais, expliqua-t-il. Et lorsque je me suis demandé où tu pouvais bien être passée, j'ai vu cet endroit. C'est ta mère qui a planté ces fleurs, peu de temps après ta naissance. C'étaient ses préférées, et c'est pour cela qu'elle t'a donné ce prénom...

L'étonnement de Rose avait cédé place à une véritable stupeur.

— Je n'aurais jamais imaginé que tu étais au courant, avoua-t-elle.

— Nous nous connaissons depuis des années, n'est-ce pas ?

— Disons donc que je ne pensais vraiment pas que c'était le genre d'informations que tu étais susceptible de retenir.

Leon couvrit la distance qui les séparait et s'agenouilla auprès d'elle. Il y avait dans ce geste quelque chose qui lui parut vaguement familier.

C'était arrivé en ce lieu précis. Rose avait alors les larmes aux yeux. Et il s'était senti touché par son chagrin...

Levant la main vers son visage comme il l'avait fait alors, il lui caressa tendrement la joue. Elle frissonna à ce contact et l'impression de déjà-vu se renforça encore.

— C'est ici que tu viens lorsque tu es triste, déclara-t-il.

Elle lui jeta un regard surpris et il constata avec une pointe d'espoir qu'elle ne repoussait pas ses doigts qui s'attardaient sur sa peau.

— Comment le sais-tu ? lui demanda-t-elle.

— Cela me fait penser à la soirée de ton bal de promotion..., expliqua-t-il en retirant enfin sa main.

Le souvenir s'était imposé à lui aussi soudainement que celui de son fils, quelques jours auparavant.

— Je ne savais pas que tu t'en souvenais. Et je ne parle pas seulement depuis l'accident...

— Pourquoi cela ?

Elle haussa les épaules.

— Tu n'en as jamais parlé...

— Ton cavalier t'avait posé un lapin, n'est-ce pas ?

À ce souvenir, elle se rembrunit légèrement.

— Je pense qu'il avait prévu de le faire depuis le début, acquiesça-t-elle. Je n'étais pas très populaire, au lycée. Je devais être trop sage et trop studieuse, j'imagine. Je passais plus de temps le nez dans mes livres qu'à flirter avec les garçons. Je crois que j'étais terrifiée à l'idée qu'ils me remarquent.

— Beaucoup de gens ne prennent réellement confiance en eux que plus tard, remarqua Leon. Le lycée est un endroit intimidant pour ceux qui n'ont pas la chance d'être très sûrs d'eux-mêmes.

Un sourire d'autodérision se peignit sur les lèvres de Rose.

— Je ne suis pas sûre d'avoir fait beaucoup de progrès à ce niveau-là lorsque je suis passée par l'université. À vrai dire, j'étais surtout contente de pouvoir me fondre dans la masse... Tu avais raison à mon sujet : j'ai passé une bonne partie de ma vie à me cacher.

— Ne fais pas attention à ce que j'ai bien pu dire, protesta-t-il. J'étais en colère contre toi... et contre moi-même.

— Il n'empêche que tu avais raison, déclara-t-elle.

Leon haussa les épaules.

— De nombreuses personnes passent leur temps à se cacher ou à fuir. Je suis bien placé pour le savoir...

— De quoi te souviens-tu, exactement ?

— À propos de ton bal de promotion ? Eh bien... J'y suis allé avec toi. Nous avons dansé...

À ces mots, un flot de souvenirs déferla en lui. Et il fut passablement sidéré par ce qu'il découvrit...

Jusqu'à ce soir-là, il avait toujours considéré Rose un peu comme sa petite sœur. Après tout, Charles Tanner lui avait plus ou moins tenu lieu de père depuis qu'il avait commencé à travailler pour son entreprise.

Il savait bien que Rose avait un petit faible pour lui mais il avait toujours considéré cela comme une simple tocade d'adolescente qui lui passerait avec l'âge.

Mais lorsqu'il l'avait aperçue en train de pleurer sur ce banc, il avait été frappé de constater à quel point elle avait grandi. L'enfant d'autrefois était devenue une femme très séduisante.

Troublé, il avait essayé de la consoler. Et, sans réfléchir, il lui avait proposé de l'accompagner au bal. C'était insensé, bien sûr : il n'avait plus l'âge de jouer les cavaliers pour une fille de dix-huit ans. Mais elle avait semblé si heureuse qu'il n'avait pas eu le cœur de se dédire.

Ils avaient dansé ensemble durant une bonne partie de la soirée. Et l'étonnement initial de Leon s'était progressivement changé en trouble, puis en désir et, enfin, en terreur.

Car il savait que Rose était bien trop proche de lui pour qu'il puisse courir le risque de céder à l'attirance qu'elle exerçait sur lui. Si son père ne faisait pas un infarctus, il sabrerait le champagne et commencerait à parler de mariage...

Leon s'était juré de ne plus jamais s'attacher à quiconque. Depuis le départ d'Amanda, il multipliait les aventures sans lendemain pour éviter d'avoir à s'engager. Or il tenait déjà beaucoup trop à Rose pour courir un tel risque.

— Mon Dieu, murmura-t-il.

— Qu'y a-t-il ?

Il hésita, ne sachant s'il pouvait vraiment lui confier ses états d'âme. Quel sens cela aurait-il, après toutes ces années ?

— Leon ?

Il secoua la tête.

— Ce n'est rien...

— De quoi t'es-tu souvenu ? insista-t-elle.

— Du fait que j'avais très envie de toi, ce soir-là...

Rose n'aurait probablement pas paru plus surprise s'il s'était brusquement changé en oiseau.

— Si c'est une plaisanterie, elle est de très mauvais goût, fit-elle sèchement.

— Ce n'en est pas une, lui assura-t-il.

— Mais... Pourquoi n'as-tu rien dit ? s'exclama-t-elle, sidérée.

— Parce qu'il n'était pas question qu'il se passe quoi que ce soit entre nous, répondit-il posément. Tu étais beaucoup plus jeune que moi.

— Je le suis toujours, fit-elle remarquer avec une pointe de malice. Cela ne nous a pas empêchés de coucher ensemble...

— Tu sais très bien ce que je veux dire, protesta Leon, légèrement embarrassé. Tu n'avais que dix-huit ans.

— J'étais majeure. Et j'avais très envie de toi, moi aussi.

— Dois-je te rappeler que je travaillais pour ton père ? Et qu'il me considérait quasiment comme un fils ?

— Cela ne l'a pas empêché de nous pousser à nous marier, quelque temps plus tard.

— C'est vrai, concéda Leon. Mais je n'avais vraiment aucun moyen de le savoir. Et puis, je ne te voyais pas comme cela... Pour moi, tu étais un peu comme une petite sœur.

— Aïe, grimaça-t-elle. Toi, on peut dire que tu sais parler aux femmes...

Le sourire qu'il lui décocha manquait de conviction. Car les souvenirs continuaient d'affluer, dessinant un tableau très différent de celui qu'il avait pu imaginer jusqu'alors.

S'il avait réussi à résister à l'attirance qu'il éprouvait pour Rose, le soir de ce bal de promotion, elle ne s'était pas envolée, loin de là...

Au contraire, même, elle n'avait cessé de se renforcer au fil du temps. C'était même devenu une véritable obsession, d'autant plus violente, peut-être, qu'il s'interdisait d'y penser.

Il avait commencé à l'éviter et avait multiplié les aventures pour tenter de l'oublier. C'était aussi à cette époque qu'il avait commencé à boire plus que de raison, les soirs où il sortait.

Ce régime aurait peut-être fini par porter ses fruits si un jour Charles Tanner ne l'avait pas convoqué dans son bureau pour lui annoncer qu'il était malade et qu'il ne tarderait probablement pas à mourir.

Leon avait à peine eu le temps de se remettre du choc causé par cette révélation que déjà son mentor lui expliquait qu'il avait une tâche de la plus haute importance à lui confier.

— Rose est encore jeune. Elle n'a même pas terminé ses études. Et elle a déjà perdu l'un de ses parents. Lorsque je disparaîtrai, elle se retrouvera seule au monde, sans personne pour la soutenir. Elle sera terriblement vulnérable alors même que tous les vautours se presseront autour d'elle. Je n'ai pas toujours su être là pour elle. J'ai sans doute été trop marqué par la disparition de mon épouse pour lui donner tout l'amour que j'aurais dû. Mais je tiens à m'assurer qu'elle sera en sécurité après ma mort.

Leon l'avait écouté attentivement, se demandant où il voulait en venir.

— Si vous voulez, je garderai un œil sur elle, avait-il proposé.

— C'est précisément ce que je veux que tu fasses. Et pour cela, j'aimerais que tu l'épouses.

En l'entendant prononcer ces mots, Leon avait bien failli tomber de la chaise sur laquelle il était assis. Il avait d'abord cru qu'il s'agissait d'une plaisanterie mais Charles Tanner l'avait rapidement détrompé, lui expliquant qu'en échange de cette responsabilité il prendrait sa suite à la tête de Tanner Investments.

L'insistance de son mentor et l'approbation de Rose avaient eu raison de ses doutes et, quelques mois plus tard, il l'avait épousée.

Il se rappelait à présent parfaitement la cérémonie.

Il s'était tenu près de l'autel et l'avait vue entrer, vêtue de cette robe blanche toute simple qui soulignait sa grâce et sa beauté, ravivant d'un seul coup le désir lancinant dont il croyait s'être défait.

Fasciné, il l'avait contemplée tandis qu'elle traversait la nef de l'église, s'avançant vers lui. Il avait eu toutes les peines du monde à se concentrer sur ce que racontait le pasteur et avait bien failli oublier ce qu'il était censé dire.

En réalité, il ne pensait qu'à une chose : à présent qu'elle serait sa femme, rien ne l'empêcherait de réaliser le fantasme qui le poursuivait depuis si longtemps.

Lorsque le pasteur l'avait encouragé à embrasser la mariée, il avait effleuré les lèvres de Rose. Il ne s'attendait pas à l'intensité de sa propre réaction. N'avait-il pas embrassé des dizaines de femmes avant elle ?

Mais ce chaste baiser avait eu plus d'effet sur sa libido que tous ceux qu'il avait eu l'occasion d'échanger jusqu'alors. Et curieusement, c'était ce constat qui l'avait brusquement rappelé à la réalité.

Le fait que Rose et lui soient à présent mari et femme ne changeait strictement rien à sa position : il ne pouvait se permettre de tomber amoureux d'elle. Plus que jamais, il devait garder ses distances. C'était une question de sauvegarde personnelle.

Car il n'avait aucun doute au sujet de Rose : contrairement à lui, elle n'avait aucune raison de se défier de ses propres sentiments. Elle s'y abandonnerait, espérant trouver en lui un mari aimant et un père pour ses enfants. Lorsqu'elle comprendrait qu'elle s'était totalement méprise sur son compte, elle en souffrirait terriblement.

S'il voulait lui épargner une telle déconvenue, mieux valait donc ne lui laisser aucune illusion. Il lui ferait comprendre qu'il ne voyait leur union que comme un simple arrangement qui leur permettait à l'un comme à l'autre de rassurer Charles Tanner et de garantir l'avenir de son entreprise.

Après la réception de mariage, au lieu de rejoindre son épouse dans la suite nuptiale, il s'était soûlé pour tenter de noyer l'envie qu'il avait d'elle et la frustration que lui inspirait sa propre décision.

Il n'avait eu qu'une angoisse, ce soir-là : qu'elle vienne le trouver et tente de le convaincre de la rejoindre. Mais elle n'en avait rien fait, ni cette nuit-là ni les suivantes. Elle s'était gardée de tout commentaire.

Il était alors parvenu à se convaincre qu'il avait agi pour le mieux, qu'il avait même fait preuve d'une certaine noblesse en acceptant de protéger Rose sans la souiller.

Ce n'est qu'après la mort de Charles Tanner qu'il avait commencé à fréquenter d'autres femmes. Rétrospectivement, il comprenait que cela avait été pour lui une façon de chasser la frustration grandissante qu'il éprouvait.

Car jamais le désir que lui inspirait Rose n'avait faibli. Au contraire, il n'avait cessé de se renforcer, le poussant à déserter Tanner House de plus en plus souvent et de plus en plus longtemps.

Sa consommation d'alcool avait atteint un niveau inquiétant et ses frasques avaient commencé à filtrer dans la presse à scandale. Il comprenait aujourd'hui que tout cela se serait certainement très mal terminé. Et, d'une certaine façon, l'accident l'avait arraché à une spirale autodestructive.

— Il y a une chose que je ne comprends, pas, murmura-t-il. Tu étais amoureuse de moi, lorsque nous nous sommes mariés, n'est-ce pas ?

Rose hocha la tête.

— Alors pourquoi n'as-tu rien dit, lorsque je t'ai délaissée ?

— Qu'aurais-je bien pu te dire ? objecta-t-elle. Nous venions tout juste de nous marier. C'était notre nuit de noces. Et tu n'es pas venu. Franchement, je n'avais pas besoin d'explications : il était clair que tu n'éprouvais aucun désir pour moi et que tu ne m'avais épousée que pour pouvoir prendre la tête de Tanner Investments...

Leon fut tenté de protester, de lui expliquer ce qui s'était réellement passé. Mais il sentait confusément que cela n'aurait rien changé.

Comment Rose aurait-elle pu comprendre ? Ils avaient des visions si différentes de l'existence. Elle trouverait probablement malsain la façon dont il avait réagi. Et il ne pourrait le lui reprocher.

Car son nouveau moi, celui qui était né de l'accident et de l'amnésie qui s'en était suivie, avait beaucoup de mal à comprendre pourquoi l'ancien avait déployé tant d'énergie pour se priver de quelque chose dont il avait tant envie.

Comment avait-il pu passer ces dernières années à les frustrer l'un et l'autre d'une chose qu'ils désiraient tous deux ? Et comment avait-il pu faire tant de peine à Rose, tout en parvenant à se convaincre que c'était pour son bien ?

Il s'était déjà excusé à plusieurs reprises. Il lui avait répété qu'il était désolé. À présent, les mots ne servaient plus à rien. Tout ce qu'il lui restait, c'était ses gestes qui bien mieux que de belles phrases lui feraient peut-être comprendre à quel point il avait besoin d'elle.

Fort de cette conviction, il se pencha vers elle pour l'embrasser.

10

Leon avait retrouvé la mémoire. Et pourtant, il était bel et bien en train de l'embrasser.

Contrairement à ce qu'elle avait pu penser jusqu'alors, les souvenirs de l'homme qu'il avait été n'avaient pas eu raison du désir qu'il avait d'elle depuis l'accident. Bien au contraire, il y avait dans son baiser une intensité nouvelle, presque désespérée.

Mais ne venait-il pas de lui avouer qu'il avait envie d'elle depuis longtemps ? De lui laisser entendre qu'il avait dû lutter contre lui-même pour ne pas succomber à cette attirance ?

Il avait fallu cet accident pour qu'il oublie les raisons qu'il avait de la tenir à distance. Dès lors, il n'avait plus vu en elle une sœur adoptive mais juste une femme — sa femme. Libéré de ses souvenirs et des obligations qu'il avait contractées vis-à-vis de son père, il avait pu s'abandonner à son désir.

De toute évidence, le retour de sa mémoire n'avait pas suffi à le dissuader…

Et, tandis que leur baiser se faisait plus passionné et que Rose se sentait perdre progressivement tout contrôle, elle décida qu'elle avait bien mérité ce moment de plaisir.

Qu'ils aient ou non un avenir ensemble n'avait pas d'importance. Elle avait été suffisamment malheureuse comme cela. Pourquoi n'écouterait-elle pas ses propres envies, pour une fois ?

L'homme dont elle rêvait depuis toujours était en train de l'embrasser avec passion. Ses mains couraient sur son corps, menaçant de la rendre folle de désir. Déjà, elle sentait sa poitrine se dresser sous ses doigts habiles.

Qu'avait-elle à perdre qu'elle n'ait déjà perdu ? Sa virginité ? Sa fierté ? Ses illusions ?

Il ne restait plus rien de tout cela, juste l'évidence de ce besoin irrationnel et insatiable qu'elle avait toujours eu de lui.

Or elle ne voulait plus se contenter de le subir. Elle voulait prendre l'initiative, devenir actrice de ce qui était en train de se produire. Elle démontrerait à Leon qu'elle n'était plus la petite fille rêveuse et trop sage qu'il avait connue.

Il avait fait d'elle une femme. Il lui avait permis de découvrir des sensations bien plus intenses que tout ce qu'elle avait pu imaginer.

Elle saurait lui prouver qu'elle était à la hauteur, qu'elle était parfaitement capable de satisfaire ses désirs et même de les anticiper. Elle ne voulait plus être cette petite souris timide et complexée qui avait passé sa vie à se refuser d'être heureuse sous prétexte qu'elle s'en trouvait indigne.

Car c'était bien là la véritable raison pour laquelle elle n'avait pas cherché à embrasser Leon après le bal de promotion et pour laquelle elle n'était pas allée le trouver lors de leur nuit de noces. Elle avait eu peur qu'il ne la repousse et avait préféré ne pas prendre un tel risque.

Cela l'avait-il rendue plus heureuse ? Certainement pas. Au contraire, même, cela n'avait fait qu'exacerber son manque de confiance en soi.

Leon était devenu un homme nouveau. Peut-être était-il temps pour elle d'entamer une nouvelle page de son existence, un chapitre dans lequel elle ne serait plus la victime consentante mais bien la maîtresse de sa propre destinée.

Joignant le geste à la pensée, elle se fit plus ardente encore, s'abandonnant à son désir et accentuant l'intensité de leur baiser. Elle tremblait à présent de la tête aux pieds sous l'effet du besoin impérieux qu'elle avait de Leon. Mais ses gestes étaient plus assurés que jamais.

S'asseyant à califourchon sur lui, elle plaça ses mains de chaque côté de son visage et prit la direction de leur baiser. Elle perçut l'étonnement de Leon mais il ne chercha pas à résister, se laissant guider.

Elle mordit légèrement sa lèvre inférieure, lui arrachant un petit gémissement de douleur et de plaisir mêlés. Encouragée par cette réaction, elle entreprit de déboutonner lentement sa chemise, révélant son torse puissant sur lequel elle laissa courir ses ongles.

Repoussant le vêtement, elle délaissa la bouche de Leon pour plaquer son visage au creux de son cou, se gorgeant de son odeur. Elle mordit alors son épaule et il renversa la tête en arrière, s'offrant à ses lèvres et à ses dents.

Rose prit tout son temps, parcourant chaque centimètre carré de sa peau. Le goût de sa chair la rendait folle, accentuant la chaleur incandescente qui rayonnait à présent au creux de ses cuisses, se répandant en elle.

Jamais elle n'avait éprouvé un désir aussi intense qu'en cet instant. Et à travers l'épais tissu de son jean, elle percevait l'envie impérieuse qu'il avait d'elle. Ses mains agrippèrent sa ceinture et la débouclèrent.

Elle déboutonna son pantalon et se laissa glisser au bas du banc de façon à se retrouver à genoux entre ses cuisses. Elle abaissa son jean, révélant son érection. Ses doigts l'enveloppèrent précautionneusement et Leon émit un halètement de plaisir et de surprise.

Se penchant vers lui, elle l'effleura délicatement du bout de sa langue.

— Rosie..., articula-t-il sans qu'elle sache s'il s'agissait d'une supplique ou d'une protestation.

Elle renouvela sa caresse et le sentit frissonner violemment.

— Non, souffla-t-il.

Relevant les yeux vers lui, elle lui jeta un regard étonné.

— Pourquoi ? s'enquit-elle d'une voix si rauque qu'elle eut peine à la reconnaître.

— Je ne le mérite pas...

Elle sentit un sourire doux-amer se dessiner sur ses lèvres tuméfiées.

— L'important n'est pas toujours de savoir ce que tu mérites ou non, rétorqua-t-elle. Parfois, il faut savoir accepter ce que les autres sont prêts à te donner. Ce n'est pas une question de récompense, Leon. J'ai envie de toi. Je veux te sentir en moi. Alors tais-toi et laisse-moi faire.

Sans lui laisser le temps de répondre, elle le prit dans sa bouche, le laissant pénétrer profondément en elle. Il poussa un grondement sourd et s'agrippa au banc de pierre. Pendant quelques instants, elle demeura immobile puis, lentement, elle commença à le caresser de sa langue et de ses lèvres.

Elle percevait distinctement le plaisir qui montait en lui tandis qu'il s'abandonnait à elle. Et pour la première fois depuis qu'ils faisaient l'amour, elle se sentit forte, en contrôle.

C'était une impression grisante, vertigineuse même. Ses doigts se joignirent à sa bouche pour le guider plus loin encore. Il plongea ses doigts dans ses cheveux et laissa échapper un gémissement d'extase.

Il était à présent aussi dur que le marbre. Son corps tout entier était tendu, comme pour résister à la montée du plaisir qui menaçait de le submerger à tout moment.

— Arrête, plaida-t-il enfin d'une voix déchirante. Je veux entrer en toi...

Elle s'autorisa une dernière caresse avant de le libérer. Se redressant, elle le prit par les pans de sa chemise et l'embrassa à pleine bouche.

Lorsqu'ils se séparèrent, le temps de reprendre haleine, le regard de Leon trahissait autant d'excitation que de stupeur. Elle lui décocha un sourire aguicheur.

— Tu n'as encore rien vu, lui dit-elle.

Elle le repoussa de façon à ce qu'il se retrouve allongé sur le banc. Elle ôta sa culotte mais ne prit pas la peine d'enlever la petite robe qu'elle portait avant de s'asseoir à califourchon au-dessus de Leon.

S'emparant de son membre dressé, elle le guida entre ses cuisses et le fit glisser sur son propre sexe qui s'ouvrait déjà pour l'accueillir. Puis, d'un seul coup, elle le laissa pénétrer en elle jusqu'à la garde.

Le désir qu'elle avait de lui était si puissant que cela

suffit à provoquer en elle un orgasme d'une intensité inouïe. Elle s'y abandonna corps et âme. Puis, prenant appui sur la poitrine de Leon, elle se mit à bouger au-dessus de lui, le guidant à son tour vers le plaisir.

Allongé sur le banc de pierre, il se trouvait entièrement à sa merci. Et c'était une sensation terriblement excitante. Luttant contre une nouvelle vague d'extase qui menaçait de l'emporter, elle accéléra le rythme de leur étreinte, l'entraînant toujours plus profondément en elle.

Ce ne fut que lorsqu'elle le sentit se répandre en elle qu'elle s'autorisa à succomber de nouveau, laissant échapper un cri déchirant.

Haletante, elle retomba sur lui et demeura là, immobile, parcourue de délicieux frissons qui semblaient se réverbérer en elle à l'infini.

Elle n'aurait su dire combien de temps ils demeurèrent ainsi tendrement enlacés. Mais lorsqu'elle se redressa enfin, elle comprit que quelque chose avait changé en elle. Il lui semblait qu'en prenant l'initiative de cette étreinte, en assumant son propre désir, elle avait enfin embrassé pleinement sa propre féminité.

Jusqu'à ce jour, elle s'était laissé guider par ses sentiments et par les événements. Mais elle comprenait à présent qu'elle ne pouvait se permettre de demeurer éternellement passive, soumise aux caprices des autres.

Il était temps pour elle d'assumer sa liberté, de devenir actrice de son existence et non plus simple spectatrice.

— C'était extraordinaire, murmura Leon d'une voix rêveuse.

— Je suis d'accord, répondit-elle en souriant.

Il se redressa à son tour et la considéra avec attention.

— Tu es différente, déclara-t-il enfin.

— C'est vrai, acquiesça-t-elle gravement.

Il hocha la tête et entreprit de reboutonner son pantalon et sa chemise tandis qu'elle récupérait sa culotte qui s'était accrochée à un massif de roses.

— À vrai dire, lui dit Leon en souriant, initialement, j'étais venu te dire que c'était l'heure du dîner...

— Il faut croire que nous avons commencé par le dessert, plaisanta-t-elle.

Le rire qu'il laissa échapper était authentique, naturel. C'était aussi le son le plus réjouissant qu'elle ait jamais entendu.

— Nous devrions partir nous installer dans les montagnes, déclara-t-elle soudain. Nous vivrions loin de tout. Tu te laisserais pousser la barbe et tu irais couper du bois pendant que je nous préparerais de bons repas...

— C'est vraiment ce dont tu rêves ? lui demanda-t-il en souriant.

— Pas toi ?

Il parut considérer très sérieusement la question avant de secouer la tête.

— Ce serait encore une forme de fuite, déclara-t-il. Je crois que nous avons tous deux fui beaucoup trop souvent. Il est temps de prendre nos responsabilités. Notre maison est ici, à Tanner House.

La façon dont il avait prononcé ces mots la fit frissonner doucement. Lorsqu'il le disait de cette façon, cela paraissait si évident, si lumineux, qu'elle avait envie de le croire.

— C'est vrai, murmura-t-elle.

— Est-ce que tu te sens prête à rester mariée ? lui demanda-t-il, les yeux dans les yeux.

— Pour de vrai, cette fois ? s'enquit-elle.

— Pour de vrai.

— Oui, répondit-elle gravement. Je le veux.

En cet instant, il lui sembla renouveler les vœux qu'ils avaient prononcé, deux ans auparavant. Mais cette fois-ci, il ne s'agissait plus pour elle d'une promesse dictée par les circonstances. C'était un véritable choix personnel, un engagement qu'elle prenait librement, pour et par elle-même.

Et tandis que Leon et elle revenaient main dans la main vers la maison, elle eut l'impression que, pour la première fois, elle était réellement son épouse.

Au cours des jours qui suivirent, la mémoire de Leon revint progressivement, remplissant par petites touches les zones d'ombre d'images à la fois nouvelles et familières. À mesure que les pièces du puzzle qu'avait été sa vie se mettaient en place, il prenait conscience de la nécessité de se remettre rapidement au travail.

Une entreprise comme Tanner Investments ne pouvait se permettre de se reposer sur ses lauriers. Elle devait systématiquement demeurer combative et innovante au risque de se laisser dépasser par la concurrence.

Louis, l'ancien associé de Charles Tanner, avait tenu le fort en son absence mais il n'avait ni l'âge, ni l'envie de se battre aux avant-postes. Après avoir longuement discuté avec lui et dressé un état des lieux exhaustif de l'activité, Leon reprit progressivement des responsabilités au sein de la structure.

Il travaillait de chez lui, prenant soin par acquit de conscience de vérifier avec Louis qu'il ne commettait pas d'erreurs. Il ne tarda pas à se rassurer sur ce point et à recouvrer ses réflexes professionnels.

Sur le plan personnel, en revanche, il se sentait nettement moins sûr de lui. Il avait douloureusement conscience de tout le mal qu'il avait fait à Rose. Et il ne se faisait aucune illusion : en dépit de l'assurance nouvelle dont elle paraissait dotée, elle demeurait fragile.

Il leur faudrait encore du temps pour se reconstruire — se construire, en fait — en tant que couple. Paradoxalement, il lui semblait beaucoup plus facile de trouver ses marques avec Isabella. Mais c'était peut-être parce que leur relation n'était pas entachée d'autant de faux-semblants, de regrets et de mensonges.

— Je me demandais où tu étais passé !

Tiré de ses pensées, Leon se tourna vers Rose qui venait d'entrer dans son bureau où il venait de s'installer après être passé embrasser sa fille.

— Est-ce que tu as encore beaucoup de travail ? lui demanda Rose.

— Juste quelques rapports à parcourir, répondit-il. Rien de bien méchant.

— Cela ne durera pas, malheureusement, soupira-t-elle. Tôt ou tard, tu seras obligé de repartir...

— C'est vrai. Et j'ai commencé à réfléchir à la question. L'idée de vous laisser toutes les deux ici ne me plaît pas beaucoup. Si cela te dit, vous pourriez m'accompagner dans mes déplacements.

Un large sourire naquit sur les lèvres de la jeune femme, illuminant tout son visage.

— Je n'aurais jamais pensé que tu me le proposerais, lui avoua-t-elle.

— À vrai dire, je n'étais pas sûr que tu accepterais.

— Pourquoi ?

— Eh bien, je sais que tu apprécies d'avoir ton intimité, répondit-il en haussant les épaules.

— C'était surtout parce que je n'avais personne avec qui la partager, ironisa-t-elle.

Leon hésita avant de poursuivre.

— Je me disais aussi que nous pourrions organiser une réception à Tanner House.

— Ce serait bien la première fois, remarqua-t-elle, étonnée.

— Je sais... Mais cela me permettrait de montrer que je vais bien, que je suis en pleine forme et prêt à reprendre les rênes. Et puis, nous pourrions en profiter pour présenter nous-mêmes Isabella. Cela évitera que l'histoire ne sorte dans un journal à scandale.

Rose pâlit légèrement.

— Tu as raison, approuva-t-elle d'une voix dépourvue d'enthousiasme.

— Malheureusement, nous ne pourrons pas faire croire que cet enfant est de toi. Je devrai donc confesser mon infidélité...

— Je te soutiendrai, murmura-t-elle.

— Tu n'es pas obligée, lui assura-t-il. Je ne t'en voudrais pas si tu donnes une interview à charge contre moi...

— Il n'en est pas question, répondit Rose d'une voix qui n'admettait pas de réplique. Jamais je ne ferai quoi que ce soit qui puisse porter préjudice à notre famille. Nous ne pouvons effectivement prétendre que je suis la mère d'Isabella. D'ailleurs, même si tel était le cas, je ne courrais pas le risque. Cela nous mettrait à la merci d'April. Elle n'a pas l'air bien méchante mais il est évident qu'elle ne supporte pas très bien la pression.

— Tu as raison, comme d'habitude, acquiesça Leon. Nous pourrions peut-être nous contenter d'un communiqué de presse très sobre au lendemain de la soirée.

— Est-ce que tu comptes parler de ton amnésie ?

Leon secoua la tête.

— Cela ne ferait que compliquer les choses. De plus, je ne suis pas sûr que les gens me croiraient.

Rose hésita avant de poser la question qui lui brûlait les lèvres.

— Que dirons-nous au sujet de notre relation ?

— Qu'après avoir frôlé la mort, j'ai réévalué toute mon existence. Que j'en ai déduit qu'il était temps pour moi de revoir mes priorités. C'est la plus stricte vérité, après tout. Je suis un homme neuf.

— C'est vrai, acquiesça Rose en souriant. Tu as tellement changé que j'ai parfois du mal à y croire. Il m'arrive encore de redouter que tu ne redeviennes brusquement comme avant.

— Il n'y a aucun risque pour que cela arrive, Rosie. J'ai retrouvé presque toute ma mémoire et rien de ce que je me suis rappelé au cours de ces derniers jours ne m'a donné envie de revenir à mon ancienne vie. Je suis bien plus heureux aujourd'hui.

— Moi aussi, avoua-t-elle. Je t'aime, Leon. Et j'ai hâte que tout ceci soit derrière nous, que nous puissions nous retrouver en famille, tous les trois. Et qui sait ? Nous pourrons peut-être songer à offrir à Isabella un petit frère ou une petite sœur ?

11

Il fallut quelques instants à Leon pour prendre la mesure de ce que Rose venait de lui dire. Et un frisson glacé le parcourut de part en part, anéantissant d'un seul coup l'allégresse qu'il éprouvait.

Elle voulait un enfant.

Cela paraissait si évident, si naturel. Et pourtant, curieusement, il n'avait pas un seul instant envisagé une telle éventualité...

Lorsqu'il avait pensé à Rose comme à une mère, c'était uniquement pour se demander si elle accepterait de jouer ce rôle vis-à-vis d'Isabella. Jamais il n'avait imaginé qu'elle pourrait un jour vouloir son propre enfant, que c'était sans doute un enjeu d'autant plus important pour elle que Leon en avait déjà conçu un avec une autre.

Il ne se faisait aucune illusion à ce sujet : il s'agissait moins d'aveuglement ou de naïveté de sa part que d'un blocage inconscient. Jusqu'à présent, il était parvenu à dissocier l'épineuse question de sa paternité de celle de son mariage.

Un souvenir s'imposa brusquement à lui. Il était allongé dans une chambre d'hôtel qui ressemblait à n'importe quelle autre, pleinement satisfait par l'étreinte passionnée qu'il venait de consommer.

À ses côtés, April, rayonnante du plaisir qu'il venait de lui procurer, s'était redressée sur un coude et, avec une fausse désinvolture, lui avait assené une nouvelle des plus inattendues.

— Je suis enceinte, Leon. Et je ne compte pas avorter. Alors je ne sais pas si tu veux t'investir dans cette aventure mais...

— Non, l'avait-il interrompue d'un ton définitif. Si tu décides de garder cet enfant, ce sera sans moi. Je ne veux même pas le voir.

Il avait clairement distingué le mélange de surprise et de déception qui s'était lu dans le regard d'April à cet instant.

— Je te soutiendrai financièrement, s'était-il empressé d'ajouter pour faire bonne mesure.

En réalité, il était prêt à lui verser une somme astronomique pour ne jamais entendre parler de ce bébé. Après qu'April et lui eurent signé l'accord garantissant le versement d'une pension alimentaire, il avait définitivement cessé de la voir.

Il avait expressément demandé à ne rien savoir de cet enfant : ni son nom, ni même son sexe. La seule chose qu'il avait exigée, c'était un test de paternité que l'avocat d'April s'était effectivement chargé de lui faire parvenir quelques mois plus tard.

Entre-temps, il s'était mis à boire plus encore que d'habitude et avait repris une maîtresse...

— Leon ? murmura Rose, le rappelant soudain au moment présent.

Elle le contemplait toujours avec la même attention

mais la joie et l'espoir qui se peignaient sur son visage, quelques instants auparavant, avaient laissé place au doute et à l'angoisse.

— Je ne peux pas, dit-il, la bouche sèche et le cœur battant à tout rompre.

— Tu ne peux pas quoi ? lui demanda-t-elle.

Un brusque vertige s'empara de lui.

Comment avait-il pu se mentir à ce point ? Comment était-il parvenu à se convaincre qu'il pouvait mener une telle existence ? Qu'il méritait une femme comme Rose ?

Un frémissement glacé dévala le long de son échine.

— Je croyais en être capable. Mais c'est au-dessus de mes forces. Je ne serai jamais l'homme que tu espères, Rose. Je n'ai pas cela en moi…

Sans attendre sa réponse, il détourna le regard et se dirigea vers la porte.

— Leon, attends ! s'exclama Rose.

L'autorité qui s'exprimait dans sa voix le prit de court. Il s'immobilisa et se tourna vers elle. Elle se tenait près de son bureau, les bras croisés, une expression de défi dans les yeux.

— Il n'est pas question que tu partes comme cela, déclara-t-elle d'un ton ferme. Tu me dois au moins une explication !

— Il n'y a rien à expliquer, lui dit-il. Je ne suis pas fait pour être un époux — et encore moins un père.

— Tu avais pourtant l'air de très bien t'en sortir, ces derniers jours, fit-elle observer.

Leon se demanda ce qu'était devenue la jeune femme timide et réservée qu'il avait épousée. Cette version de Rose ne l'aurait probablement pas laissé filer à l'anglaise, le soir de leur mariage. Elle serait venue le chercher par la peau du cou s'il l'avait fallu.

— Tu n'avais encore jamais parlé d'enfant, lui dit-il.

Malgré la distance qui les séparait, il la vit pâlir.

— Je n'ai pas dit que j'en voulais un maintenant, protesta-t-elle. Nous avons tout le temps d'y penser.

Il secoua la tête.

— Je n'ai pas besoin d'y penser. Il n'est pas question que je fasse un autre enfant. Je me rappelle maintenant ce que j'ai ressenti, le jour où April m'a appris qu'elle était enceinte. Et je ne tiens pas à revivre cela.

— Que s'est-il passé ? lui demanda-t-elle d'une voix mal assurée.

— La première chose que j'ai pensée, c'est qu'elle devait avorter. Mais elle était décidée à avoir cet enfant et je ne pouvais pas la forcer à y renoncer. Lorsqu'elle m'a dit que je n'avais pas à être impliqué, je n'ai pas hésité un seul instant. J'étais prêt à lui verser tout ce qu'elle voudrait pour qu'elle me tienne à l'écart de ce bébé...

Rose ne répondit pas. Qu'aurait-elle bien pu dire, d'ailleurs ?

— La vérité, reprit-il d'un ton lugubre, c'est que je suis incapable de m'engager. La mort de Michael m'a fait prendre conscience des risques que l'on prenait en vivant pour et par quelqu'un d'autre. C'est peut-être de l'égoïsme mais je ne tiens pas à revivre cela.

— Mais ce n'est pas quelque chose que l'on peut décréter aussi simplement, rétorqua Rose. Tu aimes ta fille. Et tu m'aimes...

— Je ne pense pas que ce soit réellement de l'amour, affirma-t-il d'une voix morne. Je ne suis pas quelqu'un de bien, Rosie. J'ai pu croire le contraire lorsque mon esprit était encore vierge de tout souvenir. Mais maintenant que j'ai retrouvé la mémoire, je sais quel genre d'homme je suis. Depuis la mort de Michael et le départ d'Amanda, je n'ai laissé aucune place à mes sentiments. Au départ, c'était seulement une façon de me protéger, de ne plus souffrir comme j'avais souffert. Mais avec le temps, cette armure est devenue une carapace infranchissable. Elle fait partie de moi...

— Lorsque nous étions dans la roseraie, tu m'as dit que tu avais ressenti quelque chose pour moi depuis le jour où tu m'as emmenée à mon bal de promotion.

— Je ne nie pas t'avoir désiré, reconnut-il. C'est encore le cas aujourd'hui. Mais si je t'avais aimée réellement, aurais-je pu sortir avec toutes ces femmes sans éprouver une insupportable culpabilité ?

— Ce n'est pas vrai, protesta-t-elle.

Il y avait dans sa voix une pointe de désespoir.

— Je ne suis pas l'homme qu'il te faut, Rose. J'ai eu tort de me laisser aller à le penser. C'est pour cette raison que je ne t'avais jamais touchée auparavant : je savais que cela ne pourrait se terminer que de façon tragique.

Il secoua doucement la tête.

— Je n'ai même pas réussi à tenir la promesse que j'avais faite à ton père, lui dit-il. J'étais censé te protéger. Et au lieu de cela, je t'ai fait plus de mal que n'importe qui...

— Je suis tout aussi responsable que toi. J'ai fait mes choix, moi aussi. Et lorsque je t'ai épousé, je savais que notre relation n'irait pas de soi. Mais j'espérais que je réussirais à te faire changer. Et maintenant que je connais les raisons pour lesquelles tu es devenu aussi dur, je suis encore plus persuadée que c'est possible.

Parce que derrière tout ton cynisme, il y a de l'amour : celui que tu éprouvais pour ton fils et probablement pour cette fille, Amanda...

— Cette époque est révolue, répliqua-t-il durement.

— Il ne tient qu'à toi de réapprendre à aimer, plaida-t-elle, au bord des larmes.

Leon la regarda droit dans les yeux.

— Justement, lui dit-il, je ne *veux* pas.

Il s'était exprimé d'un ton si tranché, si définitif que Rose comprit enfin qu'elle avait perdu la partie. Instantanément, ses épaules s'affaissèrent, ses yeux s'embuèrent de larmes. Avant qu'elle ne fonde en sanglots, elle s'élança vers la porte, le laissant seul.

Il demeura parfaitement immobile, se sentant étrangement engourdi. Jamais il ne s'était senti aussi seul qu'en cet instant. Mais il avait la conviction d'avoir agi en accord avec sa conscience.

Il respectait trop Rose pour lui mentir, pour lui faire croire qu'il consentirait un jour à lui faire un enfant, pour lui affirmer qu'il l'aimait.

La vérité, c'était qu'il l'avait effectivement aimée, l'espace de quelques jours, tandis que son esprit s'était trouvé réduit à un tableau immaculé sur lequel tout restait à écrire.

Mais chaque nouveau souvenir avait écorné un peu plus cet amour, lui rappelant qui il était réellement : un homme dénué de conscience et de morale qui avait renoncé depuis bien longtemps à la vie.

Pourtant, en cet instant précis, il en venait presque à envier l'homme qui s'était réveillé dans une chambre d'hôpital avec l'image obsédante des beaux yeux bleus de son épouse...

Sans même réfléchir, Rose laissa ses pas la guider jusqu'à la roseraie de sa mère. Là, elle se laissa tomber sur le banc de pierre sur lequel Leon et elle avaient fait l'amour, quelques jours auparavant.

Là, elle s'abandonna à ses larmes, se délestant de ce surplus d'émotion dont elle n'avait plus l'usage, jusqu'à ce qu'elle ne soit plus qu'un vide immense, désespéré.

Elle avait l'impression terrifiante qu'un chapitre de son existence venait de se refermer. Après toutes ces années passées à aimer Leon en silence, il venait d'inscrire le point final de leur histoire.

Et l'ironie de la chose, c'était qu'il l'avait fait au moment précis où elle avait trouvé le courage de s'affirmer, de lui montrer et de lui dire ce qu'elle attendait de leur relation.

Pourtant, curieusement, elle ne parvenait pas à regretter de l'avoir fait. Car pour la première fois, elle avait l'impression d'avoir pris sa vie en main, d'être allée jusqu'au bout de ses convictions au lieu de se résigner à jouer les témoins passifs d'un drame qui la concernait pourtant directement.

Qui sait ? Cette période étrange se révélerait peut-être être l'une des plus formatrices de toute sa vie. Prenant une profonde inspiration, elle s'efforça de chasser l'impression d'impuissance qu'elle éprouvait pour se concentrer sur les autres émotions : la colère, la rancœur, la fierté…

Elle se promit que c'était la dernière fois qu'elle se laisserait humilier, la dernière fois qu'elle se plierait aux souhaits de quelqu'un d'autre au mépris de ses propres intérêts, la dernière fois qu'elle supplierait un homme — n'importe quel homme.

Elle méritait bien mieux que cela. Quoi qu'elle ait pu en penser par le passé, elle méritait d'aimer et d'être aimée. Elle méritait d'être heureuse. Elle méritait de vivre avec quelqu'un qui la respecterait et la traiterait sur un pied d'égalité.

Il était temps qu'elle commence à croire en elle-même, temps qu'elle commence à se battre pour ce qu'elle voulait. Elle commencerait par reprendre sa liberté. Elle demanderait le divorce, même si cela devait la priver de cette maison qu'elle avait tant aimée. De toute façon, Tanner House serait désormais irrémédiablement associée pour elle au souvenir de Leon.

Elle retournerait à l'université pour terminer les études qu'elle avait commencées et décrocher son diplôme, même si elle devait pour cela prendre un petit boulot mal payé et vivre dans un modeste studio.

Et désormais, elle s'attacherait à saisir les opportunités qui se présenteraient à elle. Car la vie était bien trop courte pour passer son temps à attendre un miracle qui ne viendrait jamais. Elle marcherait les yeux ouverts et les poings fermés, prête à se battre pour ce en quoi elle croyait.

Et elle transmettrait ces valeurs à Isabella. Car, quoi qu'il puisse advenir de ses relations avec son père, il n'était pas question qu'elle laisse tomber cette enfant. Au cours des jours qu'elle avait passés à s'occuper d'elle, elle s'y était attachée.

Quoi qu'il en dise, Leon aimait sa fille. Elle en était convaincue au plus profond d'elle-même. Il comprendrait qu'elle avait besoin d'une présence féminine. Or il ne laisserait jamais l'une de ses maîtresses se substituer à la mère de cette enfant. Cela lui aurait donné bien trop de prise sur sa vie.

Elle parviendrait à le convaincre qu'elle était la personne idéale pour partager cette responsabilité. Après tout, elle n'attendait plus rien de lui. Ils ne seraient pas si différents de ces millions de couples de divorcés qui ne s'adressaient plus la parole que pour parler de leur enfant.

Tandis qu'elle se faisait cette réflexion, la pluie s'était mise à tomber. La bruine légère n'avait pas tardé à se transformer en averse torrentielle. Rose était déjà trempée de la tête aux pieds.

Mais au lieu de courir se réfugier dans la maison, elle se leva, écarta les bras et renversa la tête en arrière, offrant son visage aux trombes d'eau qui se déversaient à présent sur elle. Il lui semblait que cette ondée la purifiait de toutes ces années d'attente et de frustration.

Elle avait l'impression de renaître, tout comme Leon après son accident. Mais contrairement à lui, elle ne laisserait pas passer cette chance. Elle refonderait son existence. Elle en sortirait plus forte, plus sage aussi.

Il était temps pour elle de grandir. Il était temps de renoncer à ses rêves d'enfant et d'inventer des rêves de femme. Il était temps d'aller de l'avant et de se mettre en fin en marche vers le bonheur, quel que fût le temps que cela lui prendrait.

12

S'il était un sentiment dont Leon Carides était familier, c'était bien le chagrin. Il l'accompagnait depuis de longues années, compagnon fidèle et inlassable qui emboîtait ses pas en toutes circonstances. Au fil du temps, il avait creusé en lui un vide insondable que Leon s'était efforcé de remplir à force de travail, d'alcool et de débauche. En vain.

Mais il n'avait pas encore repris son poste. Il avait renoncé à l'alcool. Et il n'avait strictement aucune envie de se retrouver en galante compagnie.

La seule femme qui l'intéressait vraiment l'avait quitté quelques jours auparavant, laissant derrière elle un mot qui l'avait pris totalement au dépourvu. Car il s'agissait d'une lettre de remerciements douce-amère, dans laquelle elle lui indiquait que grâce à lui elle avait fini par découvrir ce qui était réellement important pour elle.

Quoi que ce pût être, il était évident qu'il n'en faisait plus partie. Cette pensée lui faisait mal. De façon assez ironique, il se rendait compte à présent à quel point il s'était habitué à l'amour silencieux et discret de Rose.

Sans même qu'il s'en rende compte, c'était devenu

pour lui un point d'ancrage, une base arrière vers laquelle il pouvait se replier chaque fois que l'existence devenait trop difficile.

Rose et Tanner House constituaient son seul véritable port d'attache, et maintenant qu'elle avait disparu il se sentait terriblement isolé.

C'était étrange. Il avait toujours été un homme à qui tout réussissait. Il était parvenu à émigrer, à trouver du travail alors qu'il parlait encore très mal anglais, à se faire remarquer par un riche homme d'affaires qui l'avait pris sous son aile. Il avait hérité de son entreprise et avait épousé sa très séduisante fille.

Ses affaires étaient florissantes. Tout ce qu'il touchait semblait se transformer en or. La plupart des femmes le trouvaient irrésistible.

Et pourtant, il était totalement incapable d'être heureux.

Depuis que Michael était mort, il vivait dans une angoisse permanente dont il venait tout juste de prendre conscience. Il avait peur de s'attacher, peur d'être responsable de qui que ce soit. Mais il avait également peur de la solitude.

Et il savait que cela ne s'arrangerait pas avec le temps : qu'il l'ait désirée ou non, il avait à présent une fille à laquelle il tenait déjà bien plus qu'il ne voulait bien se l'avouer. En pensant à tout ce qui l'attendait, il se sentait parfois pris de vertige.

Il y aurait des bagarres dans la cour de l'école, de mauvaises chutes au ski, les premiers chagrins d'amour, la crise d'adolescence, l'apprentissage de la conduite, les premiers amants, le départ pour l'université... Même après cela, il continuerait à s'inquiéter pour elle.

Il allait devoir apprendre à vivre avec cette incertitude. Car il avait parfaitement conscience qu'elle était inéluctable, concomitante de l'existence humaine. Aimer quelqu'un, c'était prendre conscience de sa fragilité. C'était courir le risque de la vie face à l'inéluctabilité de la mort.

Et pourtant, chaque fois qu'il tenait Isabella dans ses bras, qu'il croisait son regard ou qu'elle lui décochait l'un de ces charmants sourires dont elle avait le secret, il se demandait si le jeu n'en valait pas la chandelle.

Depuis la mort de Michael, il n'avait rien ressenti d'aussi fort, en dehors de sa brève liaison avec Rose. Dans chacun de ces cas, il n'avait eu d'autre choix que de baisser la garde et de s'autoriser à écouter ses propres sentiments.

Par comparaison, le reste de son existence au cours de ces seize dernières années lui paraissait bien plat et dépourvu d'intérêt. Avec combien de femmes était-il sorti pour tromper son ennui ? Combien de bouteilles avait-il vidées pour tenter de le noyer ?

Il n'aurait su le dire, ne gardant de cette succession qu'un vague sentiment d'écœurement et de lassitude. En revanche, il était convaincu qu'il n'oublierait jamais ses deux enfants et les yeux bleus de celle qui avait été son épouse. Il n'y avait rien dans sa vie qui lui paraisse plus important que cela.

Il avait affirmé à Rose qu'il était incapable de lui rendre ses sentiments. Il s'en était convaincu lui-même. Sachant combien il souffrirait s'il venait à la perdre, il avait préféré renoncer à elle.

Et voilà qu'il se retrouvait seul, subissant les affres

de son absence sans même pouvoir goûter au bonheur nostalgique de son souvenir.

Car malgré la douleur qu'il avait ressentie à la mort de son fils, il se rappelait encore avec émotion de sa naissance, des fois où il l'avait tenu dans ses bras et de la joie immense qu'il lui avait procurée.

Combien de temps encore continuerait-il à se voiler la face ? Se défendre de l'amour ne préservait de la souffrance que si l'on n'était pas déjà amoureux...

Cela faisait seulement une semaine que Rose avait quitté Tanner House. Mais en y revenant, ce jour-là, elle avait l'impression qu'une éternité s'était écoulée depuis qu'elle était partie, laissant derrière elle une lettre d'adieu en forme de remerciements.

C'était la secrétaire de Leon qui l'avait appelée pour l'informer qu'il désirait la rencontrer au plus vite pour discuter de la garde partagée d'Isabella. Elle avait hésité à accepter l'invitation, craignant que ses blessures ne soient encore trop fraîches pour revoir Leon. Elle avait pourtant donné son accord parce qu'Isabella lui manquait terriblement.

En pénétrant dans la maison, elle sentit son cœur se serrer dans sa poitrine. Mais elle s'était juré de se montrer forte et serra les dents, se forçant à reprendre le contrôle d'elle-même. Lorsqu'elle s'y sentit prête, elle se remit en marche et gravit l'escalier, se dirigeant vers le bureau de Leon.

Elle prit soin de frapper avant d'entrer et poussa doucement la porte. Il était assis à sa table de travail et venait de repousser un épais dossier. Lorsque leurs regards se croisèrent, elle sentit une pointe de nostalgie lui traverser le cœur.

— Bonjour, Leon, lui dit-elle du ton le plus détaché possible.

— Entre, l'encouragea-t-il. Assieds-toi.

Elle s'exécuta et prit place sur l'un des sièges qui faisaient face au bureau.

— Comment vas-tu ? lui demanda-t-il.

— Je ne suis pas venue ici pour faire la conversation, répondit-elle sèchement.

Les yeux de Leon s'écarquillèrent légèrement sous l'effet de la surprise. Il n'avait pas l'habitude de l'entendre parler de façon aussi directe. Elle lui adressa un sourire narquois.

— Je préfère te prévenir : j'ai décidé qu'il était temps pour moi d'arrêter de jouer les potiches. J'ai mieux à faire de ma vie. Alors abordons le sujet qui nous réunit aujourd'hui. Comment imagines-tu que nous nous répartissions la garde d'Isabella ?

— En fait, ce n'est pas de cela que je voulais te parler, lui dit-il.

— Tu plaisantes, j'espère ? rétorqua-t-elle durement.

— J'ai signé les papiers de divorce que tu m'avais envoyés, lui annonça-t-il en lui tendant une chemise cartonnée.

Malgré elle, Rose ne put réprimer un nouveau pincement au cœur. Elle dut faire appel à toute la force de sa volonté pour réprimer un sanglot.

— Tu aurais pu m'envoyer cela par la poste, se força-t-elle à répondre d'un ton faussement indifférent.

— Il y a autre chose, objecta Leon. Après avoir

mûrement réfléchi, j'ai décidé de te céder l'entière propriété de Tanner House et de Tanner Investments.

Rose le dévisagea avec stupeur, se demandant s'il était en train de se moquer d'elle. Mais il paraissait tout à fait sérieux.

— Quel est le piège ? lui demanda-t-elle sèchement.

Il secoua la tête.

— Il n'y en a pas, lui assura-t-il en lui tendant une seconde chemise cartonnée.

Elle l'ouvrit et constata qu'elle contenait effectivement des documents notariés en bonne et due forme.

— Je ne comprends pas, bredouilla-t-elle.

— C'est pourtant simple : je te restitue ce qui n'aurait jamais dû cesser d'être tien.

— Pourquoi ?

— Parce que ton père ne m'a choisi comme cohéritier que parce qu'il était convaincu que je saurais prendre soin de toi. Est-il besoin de te rappeler que j'ai totalement échoué ? Même lorsque la vie m'a offert une chance de me rattraper, je n'ai pas su la saisir.

— Mais...

— Il n'y a pas à discuter, l'interrompit-il. Cette maison et cette entreprise appartiennent à ta famille. Elles font partie de ton héritage, de ton histoire.

— Je ne comprends pas. Tu as consacré toute ta vie à cette entreprise.

— C'est exact, acquiesça-t-il. Mais j'aurais sans doute mieux fait de me consacrer à notre mariage.

— Tu n'en penses pas un mot, répliqua-t-elle.

Leon lui décocha un sourire plein de tristesse.

— Je ne te demande pas de me croire, lui dit-il. Je sais qu'il est trop tard pour revenir en arrière. J'ai commis des erreurs irréparables et tu es partie. Malheureusement, il m'aura fallu attendre ce moment-là pour comprendre ce que je ressentais vraiment pour toi...

Il se leva alors.

— Tu es libre, à présent, Rose, lui dit-il. Je te souhaite de réussir ta vie. Plus personne ne t'en empêche. J'ai demandé à Louis d'assurer de nouveau la transition en attendant que tu trouves quelqu'un qui puisse prendre la direction de l'entreprise. Quant à la maison, elle est tout à toi...

— Et toi ? s'enquit-elle. Où vas-tu habiter ?

— J'ai réservé une chambre d'hôtel, répondit-il. Cela me laissera le temps de trouver un appartement. Ne t'en fais pas pour moi, j'ai de quoi vivre tranquillement pendant un certain temps. Cela me donnera l'occasion de réfléchir à mon avenir. Au revoir, Rosie...

Sur ce, il récupéra le sac à dos qui était posé à côté de son bureau et se dirigea vers la porte. Rose le suivit des yeux, sachant qu'elle aurait probablement dû le laisser partir. Ce serait infiniment plus simple pour elle. Mais la curiosité finit par l'emporter.

— Leon ?

Il se tourna à demi vers elle.

— Qu'as-tu voulu dire en parlant de ce que tu ressentais vraiment pour moi ? lui demanda-t-elle.

Il se mordilla la lèvre et secoua la tête.

— Cela ne ferait que compliquer les choses, lui dit-il. Il est trop tard...

— Je veux savoir, insista-t-elle. Tu me dois bien cela.

Il la regarda droit dans les yeux et elle ne put réprimer un frisson en discernant la tendresse qu'elle croyait lire dans les siens.

— Tu sais que je me suis toujours défié de mes sentiments pour éviter de revivre ce que j'avais vécu avec Michael.

Elle hocha la tête.

— Depuis ce fameux bal de promotion où je me suis senti brusquement si attiré par toi, je me suis efforcé de garder mes distances.

— J'avais remarqué, ironisa-t-elle.

— Même lorsque nous nous sommes mariés à la demande de ton père, je me suis convaincu qu'il me suffirait de ne pas consommer cette union et de la considérer comme un simple mariage de convenance…

Un sourire empli d'autodérision se dessina sur ses lèvres.

— J'étais tellement sûr de moi, reprit-il, que lorsque tu es partie, je me suis dit que j'avais bien fait de garder mes distances durant tout ce temps. L'espace de quelques heures, je suis presque parvenu à me convaincre que d'ici un jour ou deux je t'aurais oubliée.

Rose avala difficilement sa salive.

— Deux jours plus tard, tu me manquais tellement que j'ai bien failli me remettre à boire. Si je n'avais pas eu Isabella, c'est probablement ce que j'aurais fait.

— Je ne comprends pas, murmura-t-elle, le cœur battant à tout rompre.

— Moi non plus, je ne comprenais pas. Je croyais m'être protégé. Mais j'ai fini par m'avouer ce que j'aurais dû comprendre depuis bien longtemps. Si je souffrais autant, c'est parce que j'étais amoureux de toi, tout simplement… Toute l'ironie de la chose, c'est que j'ai passé des années à tenir à distance la femme que j'aimais avant de la pousser à me quitter.

— Pourquoi ? demanda Rose.

— Parce que j'avais tellement peur de te perdre que je préférais ne pas être avec toi pour ne pas courir un tel risque. Ce qui ne m'a pas empêché de te perdre quand même en fin de compte... Je sais que cela paraît absurde. Tellement, en fait, que je ne l'ai compris qu'en repensant à ce que je ressentais pour toi durant ma période d'amnésie.

— Tu m'aimais, alors, n'est-ce pas ?

— Oui. Et je ne me souvenais pas de toutes les raisons qui m'empêchaient en temps normal de te le dire. Je n'ai jamais été aussi heureux que durant ces jours où j'ignorais tout de moi-même. Parce que j'étais avec toi.

Rose demeura silencieuse, bien trop troublée par tout ce qu'il venait de lui dire pour savoir quoi lui répondre.

— En fin de compte, j'en suis venu à la conclusion que je m'étais égaré pendant seize années, conclut-il. Et il est temps pour moi de me retrouver. C'est la raison pour laquelle je ne te propose pas de continuer à assurer la gestion de ton entreprise.

Il lui adressa un dernier sourire, empli de douceur et de mélancolie.

— Adieu, Rosie, lui dit-il. Sois heureuse.

Sur ce, il sortit, la laissant en état de choc. Ce ne fut que lorsqu'elle entendit la porte d'entrée se refermer qu'elle recouvra brusquement ses esprits. Le cœur battant à tout rompre, elle se rua vers la fenêtre qui donnait sur l'avant de la maison.

Déjà, Leon remontait l'allée couverte de gravier en direction de sa voiture.

— Attends ! lui cria-t-elle.

Il se figea et tourna vers elle un regard étonné.

— Ne bouge pas ! lui ordonna-t-elle. Attends-moi.

Sur ce, elle se rua hors du bureau et dévala quatre à quatre les marches de l'escalier. Elle traversa le hall d'entrée en courant et sortit. Leon était toujours là, son sac sur l'épaule. Haletante, elle s'immobilisa en haut du perron.

— Est-ce que tu m'aimes encore ? lui demanda-t-elle d'une voix hachée par l'émotion.

— Oui, répondit-il sans hésiter. Je crois que je t'aimerai toujours.

Une vague de joie manqua la submerger mais elle se força à demeurer impassible. Elle savait que s'il trahissait de nouveau sa confiance, elle n'y résisterait probablement pas.

— Est-ce que tu serais prêt à faire un enfant avec moi ? lui demanda-t-elle.

— Dix, si tu veux, répliqua-t-il.

— Un seul suffira, pour l'instant, répliqua-t-elle en réprimant difficilement un sourire. Tu n'as donc plus peur de le perdre ?

— Si, acquiesça-t-il gravement. Comme j'ai peur de perdre Isabella. Comme j'avais peur de te perdre. Mais j'ai fini par comprendre que l'amour que j'avais pour Michael ou pour toi était plus important que la douleur que je ressentais à l'idée de vous avoir perdus. Que vous soyez auprès de moi ou non, vous ferez toujours partie de moi, tant que je continuerai à vous aimer. C'est aussi le cas d'Isa ou des enfants que nous pourrions avoir tous les deux...

Rose tremblait à présent de tout son corps. Jamais elle n'aurait imaginé l'entendre tenir ce genre de discours.

— Je ne veux pas divorcer, lui dit-elle.

Il parut hésiter mais finit par secouer la tête.

— Il le faut, déclara-t-il. Ce mariage n'a jamais eu aucun sens. Je ne pensais pas un mot des vœux que j'ai prononcés.

Déroutée, Rose l'observa avec attention. Et sur ce visage qu'elle aimait plus que tout au monde, elle lut un curieux mélange de gravité, de tendresse et d'espoir.

— Nous pourrions peut-être sortir ensemble, dans ce cas, suggéra-t-elle.

— Avec plaisir, répondit-il presque solennellement. Si tu es libre demain soir, nous pourrions aller au restaurant, tous les deux. Cela nous donnera l'occasion de discuter un peu, d'apprendre à mieux nous connaître...

Rose sentit une puissante émotion s'emparer d'elle. Un nouveau départ... N'était-ce pas ce qu'elle appelait de ses vœux depuis si longtemps ?

— C'est d'accord, répondit-elle d'une voix tremblante.

— Parfait, acquiesça Leon. Je préviendrai la baby-sitter. À demain, Rosie.

Sur ce, il se dirigea d'un pas tranquille vers sa voiture.

Épilogue

Un an plus tard, tandis qu'elle s'avançait lentement vers l'autel près duquel l'attendait Leon, Rose se prit à songer au revirement complet qu'avait connu son existence au cours des mois qui venaient de s'écouler.

Fidèle à sa décision, Leon avait démissionné pour s'occuper de sa fille. Rose, au contraire, avait fait son grand retour à l'université. Elle était parvenue à se remettre rapidement dans le bain et avait validé son master.

Il lui restait encore deux ou trois ans avant de décrocher un diplôme qui lui permettrait de se consacrer entièrement à la recherche. Elle était plus décidée que jamais à aller jusqu'au bout, et Leon la soutenait de façon inconditionnelle.

Tous deux étaient demeurés fidèles à la voie qu'ils avaient décidé de tracer ensemble. Décidant de faire table rase du passé, ils avaient mené jusqu'au bout la procédure de divorce.

Dans le même temps, ils sortaient ensemble plusieurs fois par semaine, se rapprivoisant progressivement. Ils n'avaient pas cherché à accélérer les choses, savourant au contraire chaque moment de cette relation qu'il n'avait jamais eue auparavant, du premier baiser à la première nuit passée ensemble.

Ils avaient attendu plus de six mois avant de s'installer ensemble. Et ils avaient opté pour l'appartement que Leon louait en ville plutôt que de retourner à Tanner House. Cela avait permis à Rose de se rapprocher un peu plus encore d'Isabella qu'elle considérait désormais comme sa propre fille.

Lorsque Leon l'avait demandée en mariage, elle avait accepté sans hésiter. Ce n'était plus le même homme et elle n'était plus la même femme. Les épreuves qu'ils avaient traversées ensemble et le temps qu'ils avaient consacré à consolider leur amour les avaient transfigurés l'un et l'autre.

Et lorsque Leon entreprit de lui dire les vœux qu'il avait écrits pour elle, elle sut que, cette fois-ci, ils venaient du tréfonds de son cœur. Contre toute attente, elle réussit à prononcer les siens sans fondre en larmes en dépit de la joie immense qui gorgeait son cœur.

Et lorsque le pasteur les déclara enfin mari et femme, elle sut qu'il ne s'agissait pas là d'un engagement mais d'un constat. Au bout d'une route tortueuse et semée d'embûches, Leon Carides et Rose Tanner s'étaient enfin retrouvés. Ils ne devaient plus jamais se quitter.